깨어나라고 인어는 노래한다

깨어나라고 인어는 노래한다 目覚めよと人魚は歌う

지은이__호시노 도모유키
옮긴이__김옥희
펴낸이__채호기
펴낸곳__문학과지성사

등록__1993년 12월 16일 등록 제10-918호
주소__서울 마포구 서교동 363-12호 무원빌딩 4층 (121-838)
편집부__전화 338-7224~5 팩스 323-4180
영업부__전화 338-7222~3 팩스 338-7221
홈페이지__www.moonji.com

제1판 제1쇄__2002년 3월 29일

ⓒ 김옥희

ISBN 89-320-1321-7

MEZAMEYO TO NINGYO WA UTAU
by HOSHINO Tomoyuki

Copyright © 2000 by HOSHINO Tomoyuki
All rights reserved.
Originally published in Japan by SHINCHOSHA, Tokyo.
Korean translation rights arranged with SHINCHOSHA, Japan
through THE SAKAI AGENCY and BOOKPOST AGENCY.

* 이 책의 한국어판 저작권은 THE SAKAI AGENCY와 BOOKPOST AGENCY를 통해 SHINCHOSHA와 독점 계약한 문학과지성사에 있습니다.

* 저작권법에 의해 보호받는 저작물이므로 무단 전재 및 복제를 금합니다.

깨어나라고 인어는 노래한다

호시노 도모유키 | 김옥희 옮김

문학과지성사
2 0 0 2

차례

깨어나라고 언어는 노래한다 7

해설 169
옮긴이의 말 181

전기가 흐르고 있는 듯한 밤이었다. 하늘 높이 매달려 있는 달은 거대한 백열전구가 되어 붉은 흙이 드러나 보이는 고원과 억새 들판을 빙하색으로 비추고 있었다. 개구리를 대신해 울기 시작한 가을 벌레가 지지직 하고 전자파를 보내, 나를 사로잡아 마음대로 조종하려 한다. 군청색의 투명한 대기를 뚫고 서늘한 공기가 섞인 바람이 살랑살랑 불어대 백금색으로 빛나는 억새 이삭을 흔들어, 밀려오는 파도와도 흡사한 소리를 끊임없이 내고 있다.

응고한 피 색깔의 립스틱을 정성껏 바르고, 약지로 가볍게 눌러 손가락 끝에 묻은 연지를 광대뼈 언저리에 살짝 바른 뒤 화장대의 램프를 끄고 거울을 향해 미소를 지었다. 달빛으로 창백해 보이는 얼굴에서 연지빛 입술만이 살아 있는 물체처럼 보였다.

그러고 나서 발코니로 나가 그 모습을 달빛에 내맡긴다. 연노랑색 달빛이 몸 구석구석에 스며들어 퍼져가는 것을 뜨겁다고도 차갑다고도 할 수 없는 미묘한 온도로 느낄 수가 있다. 미풍에 머리카락이 날리고 실크 나이트 가운의 옷자락이 펄럭여, 내가 마치 한 그루의 나무라도 된 듯하다. 달빛이 충만하게 스며들어, 억새와 삼나무와 붉은 흙과 공기 그리고 나 사이에 경계가 없어지면, 방에 들어가 창가에 놓인 침대에 눕는다. 차가운 실크 천이 피부에 착 달라붙어 목욕 직후의 달아오른 몸을 기분좋게 식혀준다.

눈을 감으니 하늘을 씻어내듯이 물결치는 억새 이삭의 소리가 귀에 스며들어와, 나는 얕은 여울에 띄운 조각배에 이불을 깔고 흔들리고 있는 듯한 느낌이 들었다. 그러자 침대도 물결치듯이 흔들리기 시작한다. 얼굴과 가슴의 표면을 바람이 어루만져 약간 얼얼하게 만든다. 바닷물 냄새마저 느껴져 나는 차츰 기분이 가라앉았다.

흔들림이 한층 커지면서 몸이 붕 떠오르는가 싶더니 이

내 가벼워져 엘리베이터가 내려갈 때처럼 낙하하는 듯한 느낌이 들었다. 끝 모를 바닥으로 낙하하면서 나는 자신이 잠의 바다 속으로 내팽개쳐졌다는 걸 알았다. 나는 물결에 휘감기면서 서서히 가라앉는 인간 물고기. 물결이 위에서도 옆에서도 휘감아, 몸은 춤추듯이 떨어지는 잎새만큼이나 리드미컬하게 이리저리 흔들린다. 그건 미쓰오(蜜夫)의 기척이 나타나서 내 몸에 달라붙어 부드럽게 꿈틀대고 있기 때문이기도 했다. 나는 미쓰오의 기척과 닿아 있는 부분을 손으로 만져 확인하려 했지만, 몇 번씩 시도해도 번번이 실패하고 자신의 미끌미끌한 비늘을 만지곤 한다. 좀 더 확실한 감촉을 느끼고 싶어 나는 미쓰오를 꽉 붙잡으려 했다.

뒤엉킨 상태에서 나는 마침내 미쓰오 위에 올라타 양다리를 눌러 움직임을 멈추게 하고 내려다보았다. 미쓰오의 전체적인 윤곽은 초점이 맞지 않은 듯이 흐릿했지만, 입김에서 풍기는 달콤한 냄새와 땀에 젖은 살의 감촉, 양지바른 곳처럼 포근한 느낌, 그리고 물처럼 맑고 투명한 검은 눈동자 같은 것으로 미쓰오라는 걸 확신할 수가 있다. 웬 흡혈귀 같은 입술이야 하고 미쓰오의 기척은 뚫어지게 바라보고 있는 나에게 먼저 말을 걸었다.

핏기가 부족하다는 생각이 들어서 발랐어. 이상해?

그러니까 서양 자두를 많이 먹으라고 했잖아.

먹었어. 너무 먹어서 설사했기 때문에 핏기가 없어진 거야.

그럼 간을 먹어.

둔감한 사람.

나는 토라지며 둔감을 민감으로 되받는 미쓰오의 입술에 자신의 입술을 갖다 댔다. 미쓰오의 입술에도 불그스름한 색이 옮아간다. 이것으로 우리가 만났다는 증거를 그에게 남겼다는 생각에 우쭐해하며 미소 지었으나 이내 슬퍼져 입술이 밑으로 처졌다. 만난 흔적을 원하는 건 바로 나니까, 미쓰오에게 남겨서는 아무런 의미도 없다. 미쓰오의 나이는 언제나 22세 7개월. 내가 아무리 바꾸려 해도 본래의 상태로 돌아가버린다. 바뀐다는 건 곧 나이를 먹는다는 것. 미쓰오가 벌써 13년 동안이나 22세인 채로 있는 동안 나만 나이를 먹어간다. 미쓰오가 지금 빨고 있는 내 가슴도 오랫동안 냉장고에 넣어둔 과일처럼 생기를 잃어버렸다. 하지만 미쓰오는 눈치 채지 못한다. 나는 화가 나, 좀더 나를 물체처럼 다루어달라고 낮은 목소리로 위협하듯이 말했다. 낮의 세계로부터 자취를 감추어버린 당신에 비하면 나 같은 사람은 언젠가는 썩어버릴 하찮은 물체에 지나지 않으니까.

물체란 말이지? 그럼 광고지로 생각하고 낙서를 해주지 하고 미쓰오는 말하더니, 응고한 피 색깔의 립스틱을 가져와 내 가슴에 '기타마쿠라 미쓰오(北枕蜜夫)'라고 자신의 이름을 썼다. 그런 평범한 단어는 쓰지 말아줘, 하고 불평을 하면서도 나는 좀더 힘주어 써서 흔적을 남겨주었으면 하는 마음이었다. 그러자 미쓰오는 내 뺨의 살을 벌겋게 자국이 남을 정도로 세게 꼬집으며, 종이 주제에 입 다물라고 야단치더니 이번에는 내 배에 일기를 쓰기 시작했다.

15월 3일 도코(糖子)의 생일. 엘리베이터를 선물하다.

16월 3일 핏기를 잃은 도코를 문병하다. 수혈을 해주었다.

립스틱 끝의 뾰족한 부분이 간지러워 무척 기분좋았지만, 한갓 물체에 불과한 나는 참고 있었으며, 참고 있는 그 느낌이 또한 좋았다. 하지만 사실은 내가 자신의 손에 립스틱을 쥐고 자신의 배에 글씨를 쓰고 있을 뿐이라는 사실도 자각하고 있었다.

미쓰오는, 앗 잘못 썼다고 말하더니 일부러 지우개로 내 배를 문질렀다. 칙칙한 색을 문질러 바른 자국이 내 하얀 피부를 더럽혔다. 약간 뜨겁고 따끔따끔한 느낌이 들면서 닭살이 돋았다. 미쓰오는 갑자기 몽롱한 상태에서 깨어난 듯이, 잘못 썼으니까 버리자고 중얼거리며 립스틱을 바닥에 던지더니 등을 돌렸다. 나는 가슴이 터질 것 같아 미쓰오의 등에 기댔다. 뒤돌아본 미쓰오는 난처해하는 표정으로, 이제 그만 해, 나가야 할 시간이야 하고 말하며 손목시계를 가리켰지만, 나는 무시하고 입술을 빨았다. 미쓰오도 거부하지 않고 부드럽게 응대해주었다.

이렇게 해서 나는 또다시 미쓰오의 출근을 방해하고야 만다. 한 주에 몇 번이나 지각과 결근을 반복하고 있는데도. 하지만 일전에는 미쓰오가 나를 유혹해서 결근했다. 나와 미쓰오는 언제나 단 1초도 떨어져 있을 수가 없다. 만지거나 비비고 싶을 때 마음대로 하지 못하면, 상대방은 사실은 환영이며 자신은 예전부터 혼자서 꿈을 꾸고 있었을 뿐이라는 생각이 들어 쓸쓸해서 견딜 수가 없어진다. 회사에 가지 않으면 어떻게 될지 알고는 있어도 두 사람 사이의 관계가 우선하게 된다. 실제로 회사에서 파면당해 새 직장에 면접을 보러 가는 날도 서로 사랑을 나누느라 나가지 않았다. 또한, 미쓰오(密生)*가 태어난 후에도 우리는 그 아이를 옆에 팽개쳐둔 채로 살을 비벼대고 있었다. 너무 심하게 침대가 흔들려서 미쓰오(密生)가 떨어져 목이라도 부러져 죽어버리는 건 아닐까 하는 생각도 들었지만, 그렇게 된다 해도 상관없었다.

세번째 사정을 마치더니 미쓰오(蜜夫)는, 한심하군, 우린 구제 불능이야 하고 말하며 만족스러운 듯이 웃었다. 그 웃음 소리를 들을 수 있다는 사실이 나에게는 중요했다. 그래서, 이대로 가다간 우린 죽을 거야 하고 미쓰오(蜜夫)만큼이나 흡족해하는 웃음 섞인 목소리로 응답했다.

그럴 거야, 하지만 죽는다 해도 상관없어.

괜찮아, 사람이 죽으려 해도 죽는 게 그리 간단한 건 아니니까. 죽을 정도의 힘이 있으면 우린 다른 걸 하게 되잖아?

---

* 아버지는 '蜜夫,' 아들은 '密生'이다. 두 사람 이름은 한자는 다르지만 그 발음은 같다. 혼동을 피하기 위해 아버지 미쓰오 뒤에는 '蜜夫,' 아들 미쓰오 뒤에는 '密生'의 한자를 병기한다.

이런 거?

응, 그런 거나 아니면 이런 거.

바닷가를 씻어내는 파도라도 된 듯이 밀려왔다 밀려갔다 하는 똑같은 동작을 끝없이 반복하더니 쓰러졌다가는 또다시 끌어안는다. 어디가 자신의 손이고 어디가 자신의 다리인지, 어디가 사람의 살이고 어디가 비늘인지 알 수가 없을 정도로 복잡하게 뒤엉켜 있으면 안심이 된다. 사실은 도코가 가슴에 베개를 갖다 댄 채 자기 몸을 자기 팔로 끌어안고 있는 것에 불과하지만, 도코를 에워싸고 있는 술렁이는 소리와 푸르스름한 색을 띤 노란빛, 그리고 풀잎의 액즙에서 나는 듯한 냄새, 이 모든 게 미쓰오(蜜夫)의 것이라는 점만은 꿈에서 깨어나도 변하지 않는 사실. 미쓰오(蜜生)가 으앙 하고 우는 소리에 나는 화가 나서 눈을 떴다. 하지만 그건 더욱 투명해진 코발트 블루의 하늘을 가로지르는 물까치의 울음 소리라는 걸 깨닫자, 항상 그러했듯이 잤어도 잔 것 같지 않은 밤을 원망하면서도 한 번만 더 눈을 감고 희미해져가는 미쓰오(蜜夫)의 기척을 잠시 더 애무했다.

빛이 끝없이 옅은 색으로 변해가자, 미쓰오(蜜夫)의 기척이 완전히 사라져버리기 전에 먼저, 어서 가! 하고 중얼거리고 나서 나는 망설이지 않고 일어섰다. 자기 혼자 있는 광경을 쳐다보기가 싫어서 거울 쪽은 보지도 않고 발코니로 나가 숨을 깊이 들이쉰다. 붉은 사막이라고 부르고 있는 붉은 흙의 고원에는 아침의 황금색 햇살이 가득 차 있어, 토마토색이 한층 더 짙고 선명하다. 오늘은 내가 이 집에서의 생활을 시작한 이후 처음으로 누군가가 방문하는 날. 방문 정도가 아니라 눌러 살게 될지도 모른다. 어젯밤 아미한테서 온 연락에 의하면 오후에는 한 커플이 아마 붉은 사막의 맞은편 길을 거쳐서 도착할 것이다. 아미의 친구인 아나와 그녀의 애인인 히요히토(日曜人)*라는 이름의 일본계 페루인. 하지만 내일은 금요일이니까 히요히토의 날은 사흘 후인 셈이네. 그래요, 일주일 중 6일은 자신에게 맞지 않는 날들을 살아가는 녀석이죠. 그런 쓸데없는 말을 아미와 전화로 나누면서 내 손은 땀에 젖어 있었다.

  나는 한숨을 쉬었다. 세찬 바람에 머리카락이 나부끼고

---

* 일요일의 사람이라는 뜻.

실크 나이트가운이 몸에 휘감긴다. 아침 해를 받아 황금색으로 빛나는 억새 이삭과 같은 색으로 머리카락을 물들인다면, 마냥 바람에 흔들리고만 있는 억새처럼 될 수 있을까.

☽

붉은 회오리바람이 벽돌색의 평원 일대에서 일어나 몇 미터를 기세 좋게 앞질러가다가 거짓말이 들통 난 아이처럼 어쩔 줄을 몰라하더니 사라졌다. 바람에 농락당한 희끄무레한 잡초가 잠시 계속 도리질을 하고 있었다. 올려다보니 하늘은 푸르다 못해 거무스름한 빛을 띠고 있어, 묵직한 덩어리로 변해 곧 떨어져내릴 것만 같았다. 하늘을 쳐다보다가 선명한 벽돌색의 지면으로 눈을 내리뜨자 현기증이 났다.

또다시 흙먼지가 일어 히요*와 아나의 눈을 덮쳤다. 히요는 긴 속눈썹을 낙타처럼 맞붙여서 흙먼지를 막으며

---

* 히요히토의 애칭.

등 뒤에 아나를 숨기고 계속 걸었다. 9월 중순치고는 비정상적일 정도로 더웠다. 두 사람의 모습은 지면에서 올라오는 열 때문에 물속에서처럼 출렁이고 있다. 하늘에서 햇빛 대신에 뜨거운 물이 쏟아지고 있는 거라고 히요는 생각했다. 그 뜨거운 물은 히요와 아나의 얼굴을 적셔 번질거리게 하고 셔츠를 몸에 달라붙게 하며, 턱 끝에서 뚝뚝 떨어져 붉은 흙먼지에 검은 멍울을 만든다. 사방에서는 맴맴맴 하고 말매미 울음 소리가 바람과 함께 커졌다 작아졌다 하면서 샤워처럼 쏟아진다.

이즈하코네(伊豆箱根) 철도의 다쿄(田京) 역에서 걸어서 20분 정도라고 했는데 이미 30분 이상은 지났다. 언덕 위까지는 쉽사리 도착할 수 있었지만 언덕부터가 지루하다. 나무가 없어 흙이 드러나 보이는 고원은 마치 무빙워크를 반대 방향으로 걷고 있는 듯이 아무리 걸어도 전진이 불가능하다. 목은 너무 말라서 점막이 달라붙은 상태다. 이렇게 타는 듯한 지옥을 걷게 되리라고는 생각하지 않았기 때문에 마실 물은 준비하지 않았다. 목적지인 집을 둘러싸고 있다는 억새 들판은 전방에 희미하게 황금색 층을 이루며 나타났지만, 빨간 지붕의 건물은 아직

눈으로는 확인되지 않는다.

열사병에 걸리기라도 했는지 히요는 이따금 이곳에 있는 이유를 잊어버릴 지경이었다. 자신도 지면으로부터 뿜어나오는 열과 함께 상승하고 있는 듯한 느낌이 들었다. 실컷 물을 마시면 무게와 기억을 간직한 육체를 되찾을 수 있을 거라고 생각했다. 평지인 주위에 삼나무숲이 펼쳐져 있어서 나무 그늘에서 잠시 쉬고 싶다고 아나에게 말했지만, 아나는 허락하지 않았다. 도코 씨에게 점심때까지는 도착한다고 했으니까 너무 기다리게 해서 기분을 상하게 하면 안 되고, 저 숲만 해도 보기보다는 가깝지 않을 것이며, 이 정도로 외딴집이니까 숨어 있기에 안성맞춤이라고 말했다.

한 걸음 내디딜 때마다 붉은 흙먼지가 올라와 바싹 마른 지면이 발을 진동시킨다. 언제고 도망칠 생각을 해왔다. 하지만 그건 아나와 사랑의 도피 행각이라는 달콤하고 환상적인 생각이었다. 자기 스스로도 자신이 어디에 있는지를 모르는, 그리고 아무도 아는 사람이 없는 곳으로 가서 숨어 지내고 싶었을 뿐이다. 이유는 없었다. 설마 이런 식으로 어쩔 수 없이 도망치게 될 줄이야. 하지만 어찌 되었든 도망갈 만한 곳은 그 어디에도 없다. 자신을 숨겨줄 장소 같은 건 사실은 존재하지 않는다. 지금은 아나가 있는 곳이 곧 임시 피난처인 셈이다.

그런 생각을 하며 아나를 바라보자, 아나는 몽롱한 눈초리로 히요를 쳐다보았다. 눈 밑이 강렬한 햇살로 더욱 짙게 움푹 파여 있었다. 히요는 가슴이 답답해졌다. 심호흡을 하자 뜨거운 바람이 목에서 폐 속까지 태워, 히요는 연거푸 기침을 해댔다. 그놈도 화상을 입은 듯이 아파했다. 앗 뜨거워, 앗 뜨거워 하고 배를 누르면서 소리쳤다. 하지만 히요에게는 저놈, 저놈* 하고 자신을 지탄하는 소리로 들렸다. 나에게 손가락질하지 말라고 소리치며 그 자식의 배에 발차기를 세 번 더 안겨주었다. 내 몫, 엘 야마토의 몫, 다케리토의 몫. 그 자식은 보글보글 끓을 때 이는 거품과 같은 소리를 내며 심한 기침을 하다가 목에서 피를 내뿜더니, 이내 토하기 시작했다. 쏟아져나오는 토사물 찌꺼기가 튀어 반짝반짝하게 닦은 히요의 구두에 묻자, 이놈이 일부러 그랬다고 생각한 히요는 또다시 쇠

---

* 일본어로 뜨겁다는 뜻의 '아쓰이'와 저놈이라는 뜻의 '아이쓰'가 서로 비슷한 음이어서 연상이 가능해진 것임.

파이프로 배를 내리쳤다. 피와 시큼한 토사물 냄새로 눈이 시렸다. 네놈이야말로 더러운 돼지잖아 하고 중얼거리며 구두 끝으로 뺨을 툭툭 걷어찼지만 그 자식은 더 이상 움직이지 않았다. 등 뒤에서, 야 위험해, 목이 막혀 숨을 못 쉬고 있어 하고 스페인어로 말하는 소리가 들렸다. 흰자위만 부릅뜨고 있는 그 자식은 입에 토사물 찌꺼기가 들러붙어 거품이 이는 것 같았지만, 가만히 쳐다보고 있으려니 그 입에서 또다시 저놈 저놈 하는 소리가 코러스처럼 울려오고 있는 듯해 히요는 갑자기 부르르 떨며 일어섰다. 놈들이 개조한 오토바이에 올라타 시동 장치를 밟고 속도 조절판을 최대한 비튼다.

아나의 집에 도착할 때까지 커브를 틀 때마다 일부러 핸들을 꺾지 않고 울타리나 전신주에 부딪히고 싶은 충동에 사로잡혔다. 하지만 아나의 부드러운 느낌이 그런 충동을 억제시켰다. 아나는 항상 히요의 근육을 만지면서 부드러워서 기분좋다고 했다. 히요는 종종 아나를 흉내내어 자신의 보잘것없는 근육을 만졌다. 그러면 분명히 빈약하고 딱딱하던 근육도 정말로 부드럽게 느껴지며, 뚜렷한 윤곽을 만들어내는 자신의 피부가 치유된 듯한 느낌이 드는 것이었다. 그런 때는 아나의 부드러움이 자신에게 옮아왔다는 생각이 들었다. 금속과 플라스틱으로 된 오토바이에 올라타면서 그 감촉에만 마음을 집중시킴으로 해서 히요는 우울한 기분을 풀었다. 그래서 한번 더 놈들을 패주든지 전신주를 받아버리든지 하려는 날카로워져 있던 기분은 아나의 얼굴을 봤을 때는 완전히 풀어져버린 상태였다. 눈도 깜박이지 않고 계속 바라봐야겠다는 생각에 눈동자 속에 넣기라도 할 듯이 아나를 응시했기에 눈 표면이 시려져 눈물이 나왔다.

아나가 멈추어 서서 무릎에 손을 대고 상체를 구부려 쉬고 있었다. 눈을 감고 걷고 있던 히요는 자신도 모르게 혼자서 꽤 멀리 앞서가버렸다. 발소리가 들리지 않는다는 사실을 겨우 알아차리게 되어 뒤돌아보더니, 아나가 있는 곳까지 돌아가서 등에 메고 있던 배낭에 손을 넣어 뭔가 바람을 일게 할 만한 걸 찾았다. 하지만 MD 플레이어와 MD 몇 장, 그리고 지갑밖에 들어 있지 않아 하는 수 없이 MD 케이스로 힘껏 부쳐 아나에게 바람을 보낸다. 아나는 미소를 지으며 "그거 들려줘" 하고 말했다. 히요는 MD를 넣고 헤드폰을 아나에게 씌웠다. 아나는 허리로 리듬을 맞추더니 어느새 멜로디를 흥얼거리며 히요의 손을 붙잡고 춤을 추기 시작했다. 아나의 살에 접촉하는 건 열다섯 시간 만의 일이었다. 히요도 평소와 같은 리듬으로 아나에 맞추어 스텝을 밟는다. 죽은 엘 야마토가 더빙해준 것으로 살사의 최신곡들을 모아놓은 것이었다. 엘 야마토는 친구들과 역 건물의 쇼윈도 앞에 모여서 이것과 똑같은 곡들을 카세트로 틀고 춤 연습을 했다. 그 날도 한창 춤을 추고 있을 때였다. 그곳으로 폭주족 패거리가 오토바이를 탄 채 덮쳤다. 외국인 주제에 우리들 공기를 마시지 말라고 외치며 오토바이 위에서 골프채를 힘껏 내리쳤다고 다케리토는 말했다. 엘 야마토의 친구라도 일본인이면 이 자식 죽을 줄 알아 하고 위협만 했을 뿐 전혀 폭행을 가하지 않았다. 역 앞에서 상당히 떨어져 있는 건설 현장에서 발견된 엘 야마토의 시체는 옷이 벗겨지고 피투성이가 되어 두 배 세 배로 부어올라 소스를 바른 통닭 같았다고 한다.

  히요는 구역질이 나서 춤을 멈췄다. 여자로 보일 정도로 아름다웠던 엘 야마토의 얼굴을 머릿속에 떠올리고 있었을 텐데, 히요의 눈에 어른거리는 건 피가 섞인 토사물을 엄청나게 토해내고 있는 폭주족 녀석이었다. 그 두 사건이 어떻게 해서 연결이 된 건지 이해할 수가 없었다. 엘 야마토가 살해당했는데 어째서 자신이 도망치고 있는 걸까? 히요는 동생을 살해당한 다케리토에게 동정이 가긴 했지만 다케리토만큼 복수심을 불태우지는 않았다. 오히려 자신은 너무 냉담한 건 아닐까 하고 양심의 가책을 느꼈을 정도였다. 그런 자신이 폭주족 녀석을 혼수 상태에 이르게 했다. 다케리토가 보복에 나서기 전에, 너만은 날 배반하지 않을 거야, 그러니까 그냥 지켜봐주기만 해줘 하는 부탁을 받고, 그런 사명을 이해하고 있었을 자신이 아무런 원한도 없는 생면부지의 녀석을 혼신의 힘을 다해 발로 차서 쓰러뜨렸다. 자신과 자신의 행위와의 관계를 정리할 수가 없어 도대체 무슨 일이 일어난 건지 전혀 이해할 수가 없었다. 밝혀내려고 애쓰자 구역질이 나는 것이었다.

아나가 미간을 찌푸리고 있는 히요의 얼굴을 들여다보았다. 검은 올리브 열매를 닮은 그 눈을 보자, 히요는 자신이 우리에서 해방되어 지금은 헐벗은 붉은 언덕 위에 있다는 사실을 떠올렸다. 춤을 춰서 상기된 아나의 얼굴은 열기 때문에 벌겋게 달아올랐던 조금 전의 얼굴과는 미묘하게 다른 딸기색을 띠고 있다. "괜찮아졌어?" 하고 히요는 목소리를 짜내어 물었다. 아나는, 응 하고 쉰 목소리로 대답하더니 "히요, 미간을 너무 찌푸리면 눈썹이 붙어버려" 하며 주름이 진 부분을 손가락으로 만졌다. 히요는 결국 웃고 말았다. 그러면서 미간의 주름을 손으로 펴는 시늉을 했다. 아나는 히요의 머리카락을 손으로 빗었다.

"땀으로 달라붙어서 다시마 같아."

"도코 씨에게 헤엄쳐서 왔다고 할까?"

"내 머리도 다시마 같아?"

히요는, 실 같다고 대답하며 머리카락을 만지더니 그 손을 목덜미에서 등으로 옮겨가며 힘을 주었다. 아나는, 땀이 묻어 하고 말하면서 히요의 몸에 팔을 두르고 코끝을 갖다 댄 히요의 가슴 냄새를 맡았다. 히요의 상박에 닿는 아나의 코는 냉장고에서 막 꺼낸 포도알처럼 기분 좋았다. 그런 후에 아나는 입속이 껄끄럽다며 침을 뱉더니 히요의 손을 잡고 앞장서서 걷기 시작한다. 히요도 따라서 침을 뱉었다.

아나가 결심을 굳혔다는 걸 히요는 알았다. 입 밖에 내지는 않았지만, 히요와 이대로 함께 행동할 것인지, 다음 주 초에는 가와사키(川崎)로 돌아가서 한동안은 따로 행동할 것인지를 망설이고 있었을 것이다. 히요와 함께 도망치고 싶지만 조만간 저금은 바닥이 난다. 도망치면서 돈을 벌기란 한눈에 혼혈아라는 게 뻔히 드러나는 히요에게는 어려운 일이다. 그러니까 일본인인 아나는 직장에 남아 사건의 열기가 식었을 즈음해서 새로운 일과 살 곳을 찾아서 히요를 숨기는 것이 이성적으로 생각하면 올바른 행동일 것이다. 하지만 떨어져 있는 건 불안하다. 히요에게는 모이를 주는 사람이면 누구에게든 특별한 태도를 보여 상대방에게 자신만이 진정한 주인이라고 생각하게끔 하는 도둑고양이와 같은 면이 있다. 중요한 건 손이 닿는 곳에 실물로서의 히요가 있어야만 한다는 점이다. 아나는 히요를 만지고 히요는 아나의 냄새를 맡음으로써 둘만의 세계를 확인하고 자신들과 바깥 세계와의 경계를 그어왔던 것이다.

아나는 틀림없이 그런 생각을 하고 있을 거라고 짐작되지만 히요에게는 아무런 방도가 없었다. 아나가 묘안이 떠올랐다는 듯이 이 참에 페루로 가버릴까 하고 제안해도 히요는 단호하게 거절했다. 자신의 뿌리의 많은 부분들이 아직도 살아 있는 페루로 돌아간다는 건 상실된 과거에 수감되어 무기 징역을 선고받는 것과 같아, 그보다는 차라리 일본에서 자수하는 편이 낫다고 자포자기의 심정으로 거칠게 말하여 아나를 울적하게 만들고 말았다. 아나는 가라앉은 목소리로 친한 친구인 아미코에게 전화를 하더니, 나카이즈(中伊豆)에 살고 있는 아미코의 인터넷 동호회 멤버가 숨겨줄지도 모른다고 알려주었다. 마루코시(丸越)라는 공무원의 집으로 사교성이 별로 없는 사람이지만 인터넷 동호회 멤버에게만은 마음을 터놓아, 같은 멤버로 아이가 딸린 도코라는 여성과 최근에 동거를 시작했는데, 아미코는 도코 씨를 무척 신뢰하고 있으니까 도코 씨를 통해서 부탁하면 아마도 가능할 거라는 것이다. 히요는 고개를 끄덕였다. 아나는, 그럼 서둘러야 한다며 히요의 손을 끌고 집을 나섰다. 가와사키 역에서 도카이도(東海道) 선(線)의 누마즈(沼津)행 기차를 타고 미시마(三島)에서 내려 영업 중인 유일한 러브호텔에 묵으며 서로 살도 대지 않고 밤을 새운 후, 껍질을 벗긴 거봉처럼 충혈이 된 눈을 서로 바라보며 상대방도 잠든 척하고 있었다는 걸 확인한다. 아나는 호텔에서 결근하겠다는 전화를 건 후, 아침을 먹은 역 앞의 찻집에서 사건이 보도된 신문을 훑어보았고, 그 직후 히요는 아나의 여자용 안경을 쓰고 이즈하코네 철도의 기차에 올라탔다.

히요는 손을 잡아끌고 있는 아나의 등을 바라보았다. 어깨까지 내려오는 밤색 머리는 윤기가 흐르고, 땀으로 티셔츠가 달라붙은 등줄기는 아기 사슴처럼 부드럽게 움직이고 있다. 히요는 멈추어 섰다. 아나의 팔과 히요의 팔이 일직선으로 뻗은 상태가 되었을 때 아나는 뒤돌아보았다. 히요는 아나를 끌어당기며 "할까?" 하고 속삭였다. 아나는 "서두르지 않으면 안 돼" 하고 말했지만 걸음을 떼지는 않았다. 히요가 주위를 살피면서 청바지 단추에 손을 대자, 아나도 그대로 따라 했다. 히요는 아나를 세워놓은 채로 몸을 앞으로 숙여 등 뒤에서 껴안았다. 아나는 그 팔을 힘주어 끌어안았다. 껴안은 채 움직이면서 히요는 전방의 가야 할 길을 응시한다. 어쩐지 억새 이삭의 띠가 더욱 크게 보이는 듯했다. 그 위에 빨간 지붕이 보인다. 매미들이 울어댄다. 물방울이 사방에 튄다. 조금만 가면 된다고 중얼거린다. 아나는 고개만 끄덕인다.

그런 다음 두 사람은 또다시 손을 잡고 걸음을 옮기기 시작한다. 이제 이 손을 놓는 일은 없을 거라고 히요는 생각했다. 그것은 헤어질 수 없다는, 헤어지도록 놔두지 않겠다는, 배반하지 않겠다는, 배반하게 놔두지 않겠다는 두 사람의 의지가 구체적으로 표현된 동작이다. 그러므로 헤어진다는 건 있을 수 없다.

☽

 테두리가 초록색으로 둘러져 있는 민튼의 잔 받침을 왼손에 올려놓고, 오른손에는 같은 장식의 찻잔을 들고 프랑스풍으로 블렌딩한 약간 신맛이 섞인 얼 그레이 티를 마시며, 나는 발코니 서쪽의 통나무로 만든 난간에 기대어 콧방울 옆에 주름을 만들며 빈정거리는 듯한 미소를 지었다. 백금색으로 빛나는 억새 들판의 맞은편에 있는 붉은 사막의 한가운데쯤 되는 곳에서 발을 멈추고 잠시 춤을 추는 듯하더니 갑자기 꽉 껴안고 성교를 하고 있는 두 사람의 개미 크기 만한 그림자를, 뭐 그 기분을 이해할 수 없는 건 아니지만 젊은 사람들이란 어쩔 수 없네

하고 생각하며 약간은 시큰둥해진 기분으로 바라보고 있다. 아미코가, 사실은 게네들 사고 치고 도망 중인데요 하고 말했기 때문에 두 사람은 무척 위험한 젊은이들이므로 우윳빛으로 퇴색한 나의 낮 시간을 난도질해버릴지도 모른다는 약간의 기대도 했었다. 그런데, 도망 중에 서로 끌어안다니 아직 젖비린내 나는 아이들이잖아. 풋내기였던 나와 미쓰오(蜜夫)가 단둘이서만 살려고 미국행 비행기를 탄 것과 별 차이가 없잖아.

사건은 방금 읽은 조간에 컬러 사진과 함께 실려 있었다. 특종으로 취급된 그 사진에는 초록빛을 띤 가로등 불빛이 비치는 패밀리 레스토랑의 대형 주차장에서 중무장한 아이들이 방망이와 쇠파이프를 서로 휘두르고 있었다. 중태가 일본인 소년 1명, 다친 사람이 18명, 체포된 사람이 요네하라 다케루(米原猛) 헤수스(22세) 등 13명, 그 중 소년이 6명. 2주일 전에 요네하라 다케루 헤수스의 동생 요네하라 야마토(米原山人) 파블로(17세)가 폭주족에게 린치를 당해 사망한 것이 직접적인 원인이지만, 그 배경으로서는 불황으로 일자리를 얻지 못한 일본인과 일본계 페루인이 함께 폭도로 변해 양자 간에 감정적인 대럽이 한꺼번에 폭발한 것으로 보인다고 쐬어 있었다. 하지만 표면적으로는 두 사람이 사랑을 위해 도피한 것으로 해주세요 하고 아미코는 말했다. 그렇게 할게요, 하긴 혼자서 도망쳐도 되는데 둘이서 도망치는 거니까 정말로 사랑의 도피 행각이잖아? 사건 때문에 쫓기고 있는 만큼 두 사람은 틀림없이 농밀한 시간 속을 살아가고 있어, 어떤 의미에서는 지금 가장 행복할 거다. 그 이상의 행복은 없을 정도로. 말하자면 피크인 셈인데, 피크라는 건 막다른 곳과 같기 때문에 되돌아갈 수밖에 없게 된다. 막다른 지경에서나 얻을 수 있는 행복은 그러한 극한 상황을 유지할 수 없는 한 타성이 되어가는 법. 그리고 어떤 극한 상황이든 지속이 되면 일상적인 것이 되어버린다. 결국 두 사람은 예전의 나와 비슷할지도 모른다.

그렇게 생각하면 도와주고 싶은 마음도 생기기는 했지만, 이미 자신이 경험해서 속속들이 알고 있는 기분을 다른 사람한테서 보게 된다는 건 역시 따분하고 견디기 힘든 일이며, 또한 무엇보다도 더 이상 반성하고 싶지가 않다.

나는 방으로 들어가서 찻잔을 침대 옆에 있는 협탁에 놓고, 흔들의자에 올려놓았던 어두운 초록색에 무지개색이 섞인 굵은 면실로 짜다 만 여름용 스웨터를 집어 들어 발코니의 선탠용 의자에 엎드려 다시 짜기 시작했다. 나는 생각을 멈추기 위해서 뜨개질을 한다. 뜨개질을 하지 않을 때는 방에 있는 비디오로 영화를 본다. 원래 뜨개질을 시작한 것도 영화를 봤기 때문이다. 영화 속에는, 상심해서 존재 그 자체가 위기에 처했을 때 뜨개질로 극복하는 여자들이 얼마나 많은가. 그래서 시험 삼아 뜨개질을 해보았다. 완성된 모자는 연보라색의 장미 모양이 선명한 매우 정교한 것이었는데 마루코시와 처음 만날 때 쓰고 나갔다.

이렇게 손끝을 움직이고 있으면, 또다시 밤이 찾아와 미쓰오(蜜夫)와 만날 수 있을 때까지의 엄청난 공백 시간이 뜨개질용 대바늘에 의해 그 섬유질의 본질이 파헤쳐지고 교묘하게 떠내어져, 구체적이고 실용적인 스웨터나 테이블 장식이나 모자로 짜여가는 듯한 느낌이 든다. 아무 생각도 하지 않고 대바늘에게 봉사만 하고 있으면 된다. 봉사하고 있노라면 머릿속에서 떠나지 않는 떠올리기 싫은 생각들도 대바늘이 제거시켜 물건의 형태로 바꾸어준다. 완성품들은 대개는 자신의 몸에 걸치거나 방에 두거나 했지만 이따금 직장 동료에게 주기도 했다. 이 여름용 스웨터는 어떻게 할까? 미쓰오(蜜夫)에게 보여주고 싶기도 하지만, 미쓰오(蜜夫)의 체취가 밴 폐품들을 모아 가공해서 만든 것이기 때문에 그가 만지게 해서는 안 된다. 미쓰오(蜜夫)가 만지게 되면, 바로 그 순간 미쓰오(蜜夫)의 시간과 바깥 세계의 시간이 뒤섞여 나는 경계를 잃게 된다. 그러니까 미쓰오(蜜夫)와 전혀 관계가 없는 사람에게 줄 수밖에 없다. 가끔은 마루코시에게 선물하는 것도 나쁘진 않겠지.

삐걱거리는 금속성과 함께 문 여는 소리가 났다. 도착했구나! 하는 생각에 가슴이 두근거렸다. 긴장으로 전신에 피가 도는 걸 느끼며 곧바로 일어서서 정원의 좁은 길로 눈을 돌렸지만 아무도 없다. 그 대신에 현관 문이 닫힐 때의 진동이 느껴졌다. 섬뜩해져서 방 입구에서 계단 밑을 향해 "누구야?" 하고 외친다. 계단을 올라오는 발소리가 나며 나타난 것은 교복 차림의 미쓰오(蜜生)였다. 벌써 시간이 그렇게 되었나 하고 중얼거리며 시계를 보니 아직 오후 1시를 조금 지난 시간이었다. 또 돌아와버렸니? 제발 그만 좀 해라, 서둘러서 점심 준비를 하겠지만, 하고 투덜거리는 나에게 미쓰오(密生)는 검은 액체와 같은 눈을 돌렸지만, 내 몸이 투명한 물체라도 되는 듯 초점을 맞추지 않고 무시한 채 복도 끝에 있는 자기 방으로 들어갔다. 미쓰오(蜜夫)를 빼박은 눈. 하지만 도코에게 초점을 맞추는 법은 결코 없다. 도코만이 아니라 그 누구와도 초점이 맞는 일은 없다. 미쓰오(密生)의 그 눈을 볼 때마다 저 아이에게는 어떤 취급을 받더라도 감수할 수밖에 없다는 생각이 들어 벌을 받고자 몸을 내던지고 싶어지지만, 혼자 있으면 멍해지기 일쑤여서 늘 그 아이에 대해 잊어버린다. 미쓰오(密生)의 기분을 생각해서 반성하려고 하지만 어느새 미쓰오(蜜夫)에게 이야기를 하고 있다. 나는 두 사람을 쫓아낼 생각은 눈곱만큼도 없었어 하고, 그 어디에도 존재하지 않는 당신에게 이야기를 하고 있다. 그때 난 자신을 벌하고 싶었을 뿐인데 뭔가 잘못되어 내 몸이 아니라 집에 불을 붙이고 있었어. 당신이 만취한 채 생물 표본처럼 집 한구석에 드러누워 있는 건 어린아이와 같은 내가 당신을 너무 힘들게 한 탓이라는 생각이 들어 스스로를 벌하고 싶어서 성냥을 그었는데, 그 불은 커튼에 붙어버렸지. 당신을 그토록 졸라서 샀던 적포도주색 벨벳 커튼이 그보다도 옅은 적색의 불길에 휩싸이는 걸 나는 멍하니 바라보고만 있었어. 그렇게 하면 세 사람의 엉망진창이 된 생활은 환상으로 변해, 시간 같은 건 무시한 채 나하고 둘이서만 지낼 수 있었던 텍사스의 모텔 생활로 돌아갈 수 있을 듯한 기분이 들었기에.

알고는 있었어, 그런 모텔 생활이 언제까지나 지속될 수는 없다는 걸. 내가 부모한테서 몰래 훔쳐온 돈도 두 달로 바닥이 나서, 어쩔 도리가 없어 미국에서 일본으로 돌아오기 위해서 탄 비행기가 이륙한 순간, 내 영혼 속에서 보석만큼 단단하고 빛나는 그 어떤 것이 깨지는 소리가 났어. 당신은 아무 소리도 듣지 못하고 자고 있었지. 기내에서 나는 계속 기분이 나빴는데, 도착한 후에 병원에 가서 임신했다는 걸 알았지. 당신은, 이걸로 우리의 가난뱅이 생활도 이제 끝이로군, 내가 이젠 정말로 성실하게 일할 거니까 하고 기뻐했었지. 난 당신의 그 기뻐하는 모습이 반가워서 나 자신도 임신을 기뻐하는 척했어. 당신은 정말로 성실하게 일해서 풍족할 정도는 아니더라도 돈 걱정은 사라졌지. 그런데도 나는 자신의 울적함을 어떻게 할 수가 없었어. 당신과 둘이서 있거나 아이와 둘이서 있거나 하는 시간은 괜찮았어. 당신이 돌아와서 셋이 된 순간, 이런 상태로는 살림을 꾸려나갈 수가 없어, 하프시코드를 사주겠다는 약속은 어떻게 된 거야? 온 집안을 열대 식물로 채워서 곧 스콜이 내릴 것만 같은 밀림으로 꾸며주겠다더니 이 정도의 방으로는 그럴 공간도 없잖아 하는 식으로 투정을 부려 당신을 난처하게 했지. 당신은 나를 침묵시키기 위해서 물고기 춤을 추어야만 했어. 정어리 춤이나 날치 춤, 돌고래 맘보는 당신의 장기였지. 관절이 어긋난 듯이 몸을 비비 꼬아 내 살을 문질러댔지. 울고 있는 아이 옆에서 내가 물이라도 되는 듯이 물고기인 당신은 내 속으로 푹 빠져들었어. 그러면 나는 편안함과 그때까지의 피곤에 취해 잠이 들어버렸지.

계단 밑에서 "어머, 무척 잘하시는군요!" 하고 말하는 구로야나기 데쓰코의 목소리가 들렸다. 아! 미쓰오(密生)가 텔레비전을 보고 있구나 하는 생각이 들자, 아들에게 점심을 만들어주어야 한다는 사실이 떠올랐다. 돌이킬 수 없는 죄를 또다시 되풀이했다고 절망하며 당황해서 아래층으로 내려가니, 미쓰오(密生)는 컵라면을 먹으면서 「데쓰코의 방」*을 보고 있다.

"인스턴트 식품만 먹어선 안 돼. 아라비아타 만들어줄까?"

소용없다는 걸 알면서도 물어보았지만, 대답은 없다. 양파를 다져 조청색으로 볶고 2인분의 파스타를 삶는 동안에 다른 프라이팬에서 마늘과 고추를 살짝 볶아 토마토를 으깨어 양파, 베이컨 조각, 바질리코와 함께 잘 익혀서 접시에 막 담는 순간 초인종이 울렸다. "먼저 먹고 있어" 하고 미쓰오(密生)에게 말해두고 히요와 아나를 맞이하고 서둘러 돌아와보니, 텔레비전은 꺼져 있고 미쓰오(密生)의 모습은 보이지 않았다. 도코는 굳은 표정으로 두 사람에게 "절묘한 순간에 와주었군요. 배고플 것 같아서" 하며 식탁을 가리켰다. 아나가 당황한 표정으로 "배려해주셔서 대단히 고맙습니다" 하며 우물거리자, 히요는 도움의 손길을 뻗치듯이 "우선 물 좀 마셔도 될까요?" 하고 서슴없이 말했다. 두 사람이 파리다카르 랠리를 마친 선수단 같은 모습을 하고 있다는 걸 그제야

---

* 구로야나기 데쓰코가 진행하는 유명한 토크 쇼.

도코는 알아차렸다. 차가운 페리에를 냉장고에서 꺼내 컵에 부은 후, 정원을 향하고 있어 햇빛이 너무 잘 들어서 발을 친 채 계속 에어컨을 켜두었던 거실로 안내하여 삭스 블루의 이태리제 가죽 카우치에 두 사람을 앉히고 파스타 접시를 그 앞에 있는 유리 테이블에 놓더니, 자신은 2층으로 올라가 계단 정면에 있는 2층 전용의 욕조에 뜨거운 물을 채우고 '달빛 향기'라는 일본어 라벨이 붙은 독일제 목욕용 오일을 넣어 라이트 블루의 목욕물을 만든다.

☽

 목욕부터 하고 나서 먹어도 될까요? 하고 묻자, 도코도, 그렇군요, 미안해요, 도착하자마자 느닷없이 식사부터 내놓으니 어이없죠? 하며 동의해주었음에도 불구하고, 목욕을 마치고 나와보니 파스타는 치워져 있었다. 히요는 만들어준 걸 바로 먹지 않아서 기분이 상했을지도 모른다고 생각하며, 묘하게 일이 꼬이는 것 같아 약간 풀이 죽었다. 목욕도, 그럼 아나가 먼저 하라고 히요가 권

하자 도코는, 쓸데없는 사양 같은 건 필요 없어요, 괜찮으니까 함께 들어가지 그래요? 하고 말했다. 사양하고 있는 게 아닙니다만 하고 아나가 거절을 해도, 둘이서 하는 편이 빨리 끝나요 하며 물러나지 않자, 히요는 아나에게 눈짓을 해서, 그럼 말씀대로 하겠습니다 하고 말하고 둘이서 같이 했다.

"영 기분이 이상해지는군." 욕조에 몸을 담근 아나는 라이트 블루의 물을 가리키며 작은 소리로 말했다. "쓸데없는 사양이라니, 도코 씨가 오히려 지나칠 정도로 신경을 쓰고 있는 것 같아." "저 사람 대인공포증 아냐? 일 대 일이 되는 게 두려워서 두 사람 함께 들어가게 한 거야." 눈을 감고 샴푸를 씻어내면서 히요가 말한다. "폐가 되는 것 같으니까 너무 오래 머무르지 않는 편이 좋을지도 모르겠어."

"그럼 어디로 갈 거야?" 아나의 목소리가 험악하다.

"이 물 맛있을 것 같군." 히요는 물가의 사슴처럼 목을 빼고 욕조의 물을 빨아먹더니 그대로 혀를 내밀어 아나의 가슴을 핥았다. 아나는 "하지 마, 엿듣고 있을지도 모르잖아" 하며 히요의 어깨를 잡았다.

목욕을 마치고 나올 무렵이 되어서야 히요는 갈아입을 옷이 없다는 사실에 생각이 미쳤다. 아나가 먼저 나가서 "옷이 없다는데 빌려주시지 않을래요?" 하고 부탁하자, 도코는 현관의 오른쪽 방으로 들어가 "마루코시의 옷인데 사이즈가 맞을까?" 하며 희끗희끗한 무늬가 있는 운동복 상하의를 내밀었다. 바지는 허리의 고무줄이 늘어나 있어서 흘러내릴 것 같았지만 불평할 처지가 아닌 히요는 겸연쩍어하면서 "욕조에 넣으신 목욕제가 뭐죠? 무지 기분이 좋았어요" 하고 비위를 맞춘다.

"글쎄. 마루코시가 사왔거든. 쓰지 않으면 줄어들지 않으니까 넣었어. 그보다도 배고프죠? 지금 국수 삶고 있어요."

"무슨 말씀을. 아까 주셨던 파스타 먹을게요."

"그건 안 되지. 땡볕 속을 걸어와서 바로 식어빠진 느끼한 걸 먹고 싶은 마음이 들 리가 없지. 내 실수였으니까 메밀국수 먹어요."

"차가운 양념 두부도 있나요?" 히요는 약간 짜증이 나서 일부러 말했다.

"있어요. 피곤하죠? 먼 길로 돌아와서."

"보고 계셨던 듯이 말씀하시는군요. 보리차도 주십시오."

"적당히 익었네." 도코는 국수를 한 가닥 입에 넣고 말하더니 체에 부으며 아나에게 "물로 씻어줄래요?" 하고 부탁하더니 자신은 냉장고에서 두부와 다진 생강과 가쓰오부시를 꺼내 크리스털 그릇에 담았다.

"억새 들판을 따라 좁은 지름길이 있는데 그쪽으로 오면 흙먼지를 뒤집어쓰지 않거든."

"아미코의 설명이 나빴어."

"아미코는 여기 와본 적이 없으니까."

세 사람은 잠시 침묵했다. 국수를 후루룩거리는 소리가 차례차례로 났다.

"아미코한테 어디까지 들었나요?"

"도망친 거죠?"

히요와 아나는 몇 초 동안 굳어 있다가 애매하게 고개를 끄덕였다.

"그렇지 않으면 옷이 없을 리가 없는걸."

"아미코가 그렇게 말했나요?"

"사랑의 도피 행각이라면 나도 경험이 있어요."

아나는 "그래요?" 하고 한숨을 쉬듯이 말했다.

"마루코시 씨에게도 폐가 되지 않을까요?" 공백을 메우듯이 히요가 묻는다.

"그 사람은 잘 말하면 괜찮을 거예요."

"도코 씨의 아드님은 싫어하지 않나요?"

"아, 우리 아들요?" 하고 도코는 코 옆을 약간 찡그리더니, "가와사키에서 어제 난투 사건이 있었다는 거 알고 있어요?" 하고 추궁하듯이 히요의 눈을 똑바로 쳐다보며 말했다.

"아드님이 가담했나요?" 히요는 가슴이 메슥거렸다. 도코는 "말도 안 돼" 하고 중얼거리며 2층을 바라본다.

"아침 신문 읽을래요? 내 방에 있으니까 필요하다면 아들한테 가져오라고 할게."

"아미코를 추궁하고 싶은 건가요?" 아나의 날카로운 목소리를 듣고 히요는, 우리는 함정에 빠져 결국 고백해 버린 셈이구나 하는 걸 그때에야 겨우 알아챘다.

"아무에게도 말 안 해. 말해봤자 소용도 없고. 뭐, 믿고 싶지 않다면 하는 수 없지만. 나는 두 사람을 환영해요. 이 집을 찾아오는 사람은 아무도 없으니까 첫 손님인 셈이죠."

"분명히 말씀해주세요. 어디까지 알고 있는 거죠? 어떻게 생각하고 있는 거죠?"

아나의 추궁에 도코는 미소를 거두며 의외라는 표정으로 "분명히 말하고 있는걸, 처음부터 줄곧" 하고 낮은 목소리로 말했다.

"뭐, 아무려면 어때" 하고 히요는 불쾌해하며 중얼거리더니 아나의 손을 잡아 귀에 입을 갖다 대고 "아무래도 돌아가자" 하고 속삭였다. 아나는 "무슨 말을 하는 거야, 내가 얼마나 애를 썼는데" 하고 손을 뿌리쳤다. 도코는 표정을 풀어 미소를 지으며 "귀엽기도 해라" 하고 말했다.

"난 친구가 거의 없으니까 처음 만나는 사람에게 어떻게 대해야 좋을지 잘 몰라요. 그런 경우에는 평소에 술집에서 일할 때 사람들 대하듯이 대하게 되는 것 같아. 함께 술집에 가서 한바탕 놀아볼래요?"

아나와 히요는 깊이 한숨을 쉬었다.

"미안해요, 그렇지 않아도 피곤할 텐데 무리한 얘기를 해서. 2층에 방을 준비해두었으니까 좀 쉬는 게 어때요?"

히요도 더 이상 신경을 혹사하기 싫어서, "예, 그렇게 하겠습니다. 일어나면 떠나겠습니다" 하고 말했다. 도코는 "그럼 너무 늦어요. 일어나면 아무도 없을 거야" 하고 쾌활한 목소리로 대답했다. "정말로 일어나면 난 없어요. 오늘 밤은 가게에 나가야 하니까. 마루코시가 돌아오면 차로 시내까지 태워다 주지요. 그러니까 저녁은 그 사람하고 먹어요."

도코가 안내해준 곳은 L자형 집의 기다란 가로줄의 가운데 부분에 있는 침실이었다. "어쨌든 집 안에 비밀은 없으니까 뭐든지 맘대로 써요" 하는 말을 남기고 아래층으로 돌아갔다.

☽

식어버린 소스가 부스럼처럼 달라붙은 파스타를 쓰레기통에 버리고, 식기를 씻고, 정원에 널어놓은 세탁물을 걷고 나자, 나는 일하러 나갈 시간까지 눈을 붙이기 위해 자신의 침실로 돌아갔다. 그러나 뭔가 할 일을 잊은 듯이 안정이 되지 않아 좀처럼 잠이 들지 않아서 나는 시체라도 된 듯한 기분으로 배 위에서 양손을 깍지 낀 채 창밖에서 백금색으로 빛나고 있을 억새 이삭을 생각하며 하나 둘 하고 세기 시작했다.

삼백까지는 분명히 억새를 세고 있었지만 감은 눈에 비치는 광경은 어느새 억새 들판 맞은편에 있는 붉은 사막 쪽으로 옮겨가, 아까 봤던 히요히토와 아나의 춤추는 모습이 클로즈업되면서 나는 그 스텝을 세고 있었다. 댄스는 끝없이 이어져 나는 잠들기를 포기하고 발코니로 나가 이제는 아무도 없는 붉은 사막을 바라보았다.

한동안 붉은 사막을 걷지 않았다. 이 집에 와서 처음에는 텍사스를 연상시키는 점이 마음에 들어 머릿속의 나와 머리 밖의 내가 분리되어버린 듯한 날에는 붉은 사막을 산책해 기분을 풀곤 했다. 이른 아침에 마루코시와 함께 팔짱을 끼고 걸었던 적도 있다. 마루코시는 이렇게 걷고 있으면 시간이 거꾸로 가는 것 같다고 마치 소녀 같은 말을 했다. 어린 시절 여기는 온통 삼나무가 심어져 있던 숲이었는데, 여름 아침에는 아지랑이가 피어 있는 숲 속으로 하늘소를 잡으러 들어갔어요 하고 나에게 설명했었다. 마침내 삼나무에 까놓은 알에서 딱딱한 껍질의 벌레가 부화하듯이 황금색의 굴착기와 불도저가 차례차례로

산속에 나타나 삼나무숲을 삼켜버리고 흙을 파헤쳐 평평하게 다져갔다. 언덕은 나무 한 그루 남지 않게 되어 순식간에 늙어빠진 모습으로 변했다. 그대로 죽어버릴 것만 같던 무렵에 굴착기와 불도저는 농약을 마시기라도 한 듯이 느닷없이 움직이지 않게 되어, 조금 전까지도 흙을 집어삼키고 나무를 쓰러뜨리고 있었으며, 또한 당장이라도 일을 시작하려는 듯한 모습으로 차갑게 변해 있었다. 굴착기와 불도저의 시체는 붉은 흙에 침식당한 것인지 녹이 슬어 불그스름하게 퇴색해갔다. 만일 황금색의 커다란 장수풍뎅이들이 반은 사명감에 의해 쓰러지지 않고 마지막 한 그루까지 나무를 파먹었다면, 그 자리에 씨가 뿌려져 같은 모양의 하얀 집들이 팽이버섯처럼 쑥쑥 자라났을 것이다. 혹은 근처의 풍부한 온천을 믿고 똑같은 모양의 눈이 무수히 붙은 아파트들이 달맞이꽃이나 들국화를 대신해서 솟아났을지도 모른다. 하지만 벌레들은 먹이가 없어져 죽고, 씨는 뿌려지지 않았다. 그런 벌레 먹은 자리의 한 귀퉁이에 이듬해 생겨날 예정이었던 집들은 낙태당한 후 억새 들판으로 모습을 바꾸어 나타났다. 억새들은 바람이 불 때마다 흐느껴 운다. 그 억새 들판 일부를 마루코시의 아버지가 헐값으로 사들여 죽은 자를 공양이라도 하듯이 별장풍의 통나무집을 지었다. 짓자마자 마루코시의 아버지는 그 집에 사는 사람 역시 죽어야만 한다고 말하려는 듯이 병으로 죽었다. 마루코시는 아버지의 유산을 받아 이 토지의 묘지기가 되었다. 그리고 산송장인 내가 표착했다. 여기는 내가 있기에 딱 어울리는 곳. 잡목숲이 살해당해 삼나무숲이 되고, 삼나무숲이 굴착기와 불도저에게 잡아먹히고, 굴착기와 불도저도 기근으로 굶어 죽어 억새의 비료가 되자, 그 억새를 양식으로 하여 산송장인 내가 살아가고 있다. 그리고 내가 있는 곳으로 더 이상 물체라고도 할 수 없는 미쓰오가 찾아오고, 살아 있는 물체인 히요히토와 아나가 흘러 들어왔다.

붉은 사막을 오랜만에 산책해보고 싶은 마음이 들었다. 촘촘하게 수가 놓여 있는 하얀 중국풍의 마 드레스에 같은 느낌의 파라솔, 이렇게 주위와 전혀 어울리지 않는 차림으로 걸으면, 네이비 블루의 하늘과 크림빛을 띤 대지 속에서 돋보일지도 모른다. 이 발코니에서 백금색으로 빛나는 억새 들판과 붉은 평원을 떠도는 새하얀 나를 보면 신기루처럼 여겨질지도 모른다.

도대체 누가 봐준다는 말인가? 잠을 자기는커녕 더욱 흥분될 만한 생각만 하고 있다니 하고 나는 놀란다. 게다가 네이비 블루의 하늘이라니, 지금 보이는 건 서쪽 하늘에 피어오르는 붉은 회색의 적란운이다. 뾰족한 끝 부분이 손가락으로 문지른 듯이 검은빛을 띠고 퍼져 있다. 산책할 때가 아니다. 내가 잠을 자고 나서 눈을 뜰 무렵에는 검은 수채화 물감과도 같은 구름이 이 상공을 뒤덮어 세찬 소나기를 퍼부을 것이다. 운이 나쁜 마루코시는 억수처럼 퍼붓는 속을 은색 서니*를 타고 귀가해 문 앞에서 평소처럼 클랙슨을 울린다. 나는 황급히 채비를 하고 나간다. 지나가는 길에 살짝 열려 있는 문틈으로 들여다보니 두 사람은 아직 자고 있다.

☽

  몸의 표면이 코뿔소 가죽처럼 뻣뻣해 꼼짝도 할 수 없는 상태에서 히요는 눈을 떴다. 손이 저리는 건 호두라도

---

* Sunny: 일본의 자동차 회사 닛산에서 제조한 소형 자동차.

깔 정도로 힘을 주어 아나의 손을 쥐고 있었기 때문이었다. 바나나 껍질을 벗길 때의 요령으로 손가락을 하나씩 떼어내니 아나가 "내 힘으로는 뗄 수가 없었어" 하며 자유로워진 손목을 흔들었다. 그 표정은 어스레한 빛에 섞여 희미했다. 천장에서는 지붕을 세차게 두드리는 빗방울 소리가 떨어진다.

히요는 몸을 일으켜 침대 위쪽에 있는 창을 보았다. 창문을 조금 열자 습기를 머금은 뜨뜻미지근한 바람이 히요의 머리를 휘감는다. 집 주위를 사방으로 둘러싸고 있는 백발의 이삭이 달려 있는 억새 들판은 소나기로 인해 회색으로 뿌옇게 보이고, 더 먼 곳은 안개가 껴서 보이지 않는다. 문 앞에만 좁은 길이 나 있어 집과 바깥 세계를 연결시켜주고 있다. 그 문 옆에는 회색 승용차가 세워져 있다.

"마루코시 씨가 벌써 돌아온 것 같아" 하며 아나도 나란히 서서 밖을 내다본다.

"아나, 계속 안 자고 있었어?"

"자기가 큰 소리를 질러서 잠이 깼어."

"내가 잠꼬대를 했어?"

"잇호데푸, 혹은 다메라마, 다메라, 다메라 하고 소리쳤어."

 히요는 풀려 있는 자신의 뇌를 끈으로 단단히 조르고 싶다고 생각했다. 무슨 의미냐고 다그치려 하지 않는 아나의 마음 씀씀이가 고마웠다. "아, 배고프다"고 말하며 아나의 손을 끌어 일으키더니 가볍게 입을 맞춘다. 아나의 입김에서는 카밀레 향이 난다.

 부엌에 내려가니 올리브유와 고추, 마늘, 토마토 냄새가 코를 찔렀다. 히요의 불길한 예감을 입증하듯이 마루코시는 두 사람의 모습을 보자마자, "때맞추어 일어나주었군요. 이제 곧 다 익어갑니다. 다 익으면 깨우려고 했지요" 하고 말하며 긴 젓가락으로 국 냄비와 프라이팬을 가리켰다. 붉은색 소스와 파스타였다. 아나는 작은 소리로 "어?" 하고 말하며 히요의 얼굴을 쳐다보았다.

 "어라, 싫어하나 보군요? 아라비아타라는 매운 음식인데 매운 거 못 먹나 보죠? 이거 미안하게 됐군요."

 "그런 게 아니라 매운 거 좋아하는 걸 어떻게 아셨나 해서요."

 히요는 싱크대의 쓰레기통을 흘끗 보았다. 도코가 버린 토마토 소스는 짙은 갈색 덩어리가 되어 남아 있었다.

"아라비아타 자주 만드시나요?"

"간단하고 맛있잖아요. 도코한테 배운 겁니다. 난 도코한테 배운 것밖에 만들 줄 몰라요. 손님에게 요란한 걸 내놓아서 망치는 것보다는 자신 있는 걸 내놓는 것이 좋지 않을까 해서 만들어봤지요."

"아까 먹으려다가 못 먹었기 때문에 먹고 싶었어요."

히요가 아나를 바라보자 아나도 타이밍을 맞춰 고개를 끄덕였다. 그런데 마루코시까지 "아 그거 잘됐군요" 하고 동조하기에, 히요는 눈치도 없는 바보 같은 놈이라는 생각이 들어 강판 같은 것으로 그 핑크빛 뺨을 문질러주고 싶어졌다. 마루코시의 얼굴은 매우 반듯한데도 재료가 나빠 뒤죽박죽이었다. 이마와 커다란 눈 주위는 회색 주름으로 쭈글쭈글해 초로의 얼굴처럼 보이지만, 뺨과 입술은 싸구려 햄처럼 핑크빛이 돌며 윤기가 나고, 콧대가 약간 서 있기는 하지만 콧구멍은 크다. 잡초처럼 무성한 머리카락은 갈색과 흰색이 뒤섞여 있다.

식사 중에는 마루코시가 일방적으로 떠들었다. 자신이 마을의 공립 도서관에 근무하고 있다는 것. 20년 전 학생 시절에 어머니를 교통사고로 잃고 재작년에 아버지도 뇌

일혈로 죽어 외아들이며 독신인 자신이 유산으로 이 집을 받게 되었다는 것. 이 집은 이 고장의 신용 금고에 근무하고 있던 아버지가 불량 채권이 되어버린 토지를 퇴직금으로 싸게 사들여 2세대 주택으로 지은 지 얼마 안 되었다는 것. 도쿄하고는 인터넷상의 홈페이지「록키 호러 쇼 Ⅱ」의 가상 팬클럽 모임을 통해 알게 되어, 아이를 돌보아야 하는데 실직 중이었던 도코를 돕고 싶어서 집을 제공했다는 것.

"하지만 도코가 내 제안을 프러포즈로 착각해서 말이죠" 하며 그 대목에서 마루코시는 의미심장한 미소를 띠면서, "미안하지만 난 이제 연애도 결혼도 할 수 없어서라고 심각하게 말하기에, 어차피 가상 팬클럽에서 알게 된 사이이니 의사(擬似) 가족이라도 되어보지 않겠습니까 하고 권했죠. 의무도 강제도 인내심도 필요 없이 느슨하게 맺어진 의사 가족 놀이도 제법 괜찮죠, 하고 말이죠" 하고 말하고 입을 다물더니 맥주를 마신다.

"의사 가족요?" 아나가 내뱉듯이 말한다.

"그래요. 사실은 진짜에는 비할 수도 없는 가짜이지만 진실을 내포한 가짜인 셈이죠. 그러자 그녀는, 나하고 진

심으로 연애할 생각은 없는 거군요 하고 이번에는 정반대의 말을 했습니다. 난 그녀의 도발적인 말에는 응수하지 않고, 그런 건 아무래도 좋아요, 여하튼 가벼운 마음으로 같이 살기 시작해 서로의 외로운 부분을 조금씩 메워가면 좋지 않을까요? 하고 대답했는데, 도코는, 서로라고 했나요? 하며 비웃는 듯한 표정을 지으며, 당신의 고독은 메워진다 해도 내 고독까지 메워질 거라고 잘도 생각하시는군요, 그리고 도대체 누구 맘대로 내가 외롭다는 거예요? 하는 식으로 뻬딱하게 나갈 뿐이었습니다. 난 뭔가 그게 아닌데 라는 생각은 했지만, 그래요 인정합니다, 도코 씨가 나를 위해 우리집에서 살아주었으면 합니다 하고 간곡히 말해보았죠. 그랬더니 그녀는, 마루코시 씨는 사람이 너무 좋군요, 사람이 너무 좋으면 노예처럼 보이니까 관둬요. 그럼, 난 나와 내 아이를 위해서 함께 살겠어요, 하고 결국은 그냥 그렇게 모호한 상태로 이사하게 되었죠."

"모호한 상태라도 상관없나 보죠?" 아나가 경멸하는 투로 말했다.

"그렇게 생각하는 사람도 있겠죠. 하지만 같은 공간에

그녀가 있어 바라보고 있을 수만 있으면 난 그것으로 족합니다. 그런 숭배와도 같은 감정은 일방적이므로 상대를 사람으로서 존중하는 건 아니라고 말할지도 모릅니다. 하지만 실제로 일방적이니 어쩔 수 없죠. 이게 나와 도코의 교제 방식이죠. 게다가 이건 제 자랑이 아니라, 그녀도 나라는 존재를 의식함으로 해서 뭔가에 대한 제어가 가능해졌을 겁니다."

"뭔가라뇨?"

"잘 모르겠습니다. 하지만, 내버려두면 자기 혼자서는 제어할 수 없는 것입니다."

"뭔가 알 것 같기도 해요." 아나가 어딘지 모르게 고압적인 태도를 취하고 있는 건 마루코시의 이야기 속의 도코에게 무의식중에 공감하고 있기 때문이라는 걸 알게 되자 히요는 묘한 느낌이 들었다.

"미안해요, 처음 만난 사람들에게 이런 이야기까지 해서. 하지만 당신들은 아미코 씨의 친구죠? 아미코 씨의 친구 중에 수상한 사람은 없다는 것만은 분명하니까."

"아미코도 신용할 수 없는 부분이 있잖아?" 아나는 히요를 쳐다보았다. 히요는 쓴웃음을 지었다.

"우리도 이제 의사 가족의 일원인가요?"

"그야 뭐."

"폐가 되는 것 같군요."

"그렇지 않아요. 우리끼리 얘기지만 도코는 동지가 늘어나서 무척 기뻐하고 있어요. 얼마든지 오래 있어도 괜찮아요."

"저, 비용 같은 건……" 히요는 일단 묻는다.

"됐어요. 집안일을 도와주면 그걸로 충분합니다."

"마루코시 씨, 우리에 대해 아무것도 묻지 않나요?"

"의사 가족이란 건 그런 겁니다."

"도코 씨에게도 아무것도 묻지 않나요?"

"도코가 이야기하고 싶어할 때만 듣습니다. 그 대신 지금처럼 내가 일방적으로 떠들어대는 일도 있고. 하지만 한 가지만 물어도 될까요? 히요히토라는 이름은 페루어인가요?"

정말로 이 사람은 도코 씨한테 아무 말도 듣지 않은 건가 하고 미심쩍어하면서 히요는 "페루어라는 건 없고 보통 스페인어죠" 하며 쓸쓸해하는 미소를 띠고 쳐다봤다. "우리 할아버지가 붙여준 이름입니다. 돌아가신 할머니의 성이 도밍고라고 하는데 도밍고는 스페인어로 일요일이라는 뜻이니까, 그럼 그 이름을 쓰기로 하자고 해, 좀 이상하지만 일요일의 사람이라는 뜻으로 히요히토라고 했다더군요."

"그럼 일본어로군요? 할아버님은 일본어를 하실 수 있습니까?"

"1세니까요." 히요는 고개를 돌린 채로 낮은 소리로 말하더니 입을 다물었다. 그때에야 긴장감이 감도는 걸 느꼈는지 마루코시는 의미도 없이 손뼉을 탁 치더니, "어쨌든 정말 편안한 마음으로 지내요" 하고 말을 돌렸다. "여러 가지가 가능하죠. 예를 들면 이 집의 장점 중의 하나는 아무리 큰 소리를 내도 상관없다는 거죠. 러시안 얼 그레이 티 마시겠어요?"

히요와 아나는 잘 모르는 채 그냥 "아, 예" 하며 끄덕인다. 마루코시는 식기를 치우고 홍차를 타더니 두 사람을 거실로 이끌었다. 그런 다음 텔레비전 옆에 놓여 있던 한 아름이나 되는 거대한 소라를 집어 들었다.

"좋죠, 이거? 매우 멋있죠." 마루코시는 소라의 표면을 닦으면서 "이 광택!"이라고 말하며 감탄한다.

"소라고둥? 소라고둥이라면 불면 소리가 나는 거죠? 마루코시 씨, 불어보세요."

"이건 소라고둥과 똑같이 생겼지만 소라고둥이 아닙니다. 소조개라고도, 곰조개라고도 불린다는데 정확한 이름은 몰라요. 가이아나의 해안에서 주웠죠. 난 안소니라고 부르고 있습니다. 소리가 무척 아름답지요. 한밤중이나 새벽녘에 붉은 사막에서 불면 기분이 좋아요."

"남미에 가본 적이 있나요?"

"가이아나가 유일하죠."

마루코시는 정원 쪽으로 나 있는 창문을 열어젖혔다. 축축한 흙냄새가 푹푹 찌는 열기와 함께 쏟아져 들어온다. 비는 그치고 가을 벌레 울음 소리가 가득하다. 마루코시는 정원 쪽을 향한 채 소라를 들고 얼굴을 붉게 물들이며 불었다. 목소리가 큰 올빼미가 염불을 외는 것 같은 울림이 히요의 하반신을 전율시킨다.

"당장 싸움터로 나갈 것 같은 느낌이군요."

"선동적인 힘이 있죠? 근질근질해지는 듯한 느낌이죠? 이걸 사용하면 교조(教祖)가 될 수도 있을 겁니다."

"멜로디는 불 수 없나요?"

"우습게 보지 말아요. 안소니는 이를테면 바다의 호흡이라고 할 수 있는 겁니다."

마루코시는 소라의 구멍 쪽을 손바닥으로 조절하면서 호흡을 미묘하게 변화시켜「베사메무초」를 연주했다. 히요와 아나는 얼굴을 마주 보며 폭소를 터뜨렸다. 그러자 마루코시는「시에리토 린도」의 후렴 부분으로 바꿨다. 히요는 흥이 나서 "아—이 아—이 아아—이 칸타—이 노 조레—스"라고 노래하기 시작했고 아나도 어깨를 흔들기 시작했다. 이어서「라밤바」가 연주된다. 이번에는 아나도 리듬에 맞춰 적당히 가사를 붙여 노래했다. 도중에 일어서서 손발을 흔들기 시작할 무렵, 현관에서 "나 왔어요. 좀 취한 것 같아" 하는 도코의 끈적거리는 목소리가 들려와 파장이 났다.

"마루 씨, 이번엔 합주를 합시다. 난 골뱅이든 대합이든 불 테니까."

아나와 어깨동무를 한 채 히요가 말한다.

"마루 씨라. 나쁘지 않군요. 그럼, 내일 환영 파티를 엽시다. 만두 파티가 좋겠군요. 한 사람이 한 종류씩 자기가 좋아하는 소를 넣어서 만두를 만드는 겁니다. 도코가 왔을 때도 그렇게 했으니까."

마루코시는 제안을 하더니, 물이 쭉 빠져버린 오징어처럼 소파에 드러누워서 알코올 냄새를 풍기고 있는 도코 쪽을 바라보며 "내일 쉬는 날이지?" 하고 물었다. 도코는 휴 하고 한숨을 쉬더니 고개를 끄덕였다. 마루코시는 "이제 자요" 하고 말하며 도코의 팔을 어깨에 얹어 일으켜 세웠다. 아나가 반대편에서 부축하자 도코는 고마워, 마루 씨, 아날* 씨라고 말했다.

컵을 들고 먼저 부엌에 들어갔던 히요는 식탁에 짧은 머리를 노랗게 물들인 아이가 앉아서 빵과 계란 프라이를 먹고 있는 걸 발견하고 움찔했다. 아! 그렇군, 이 아이가 미쓰오(密生)구나 하고 생각하자, "안녕" 하고 말을 건넸다. 미쓰오(密生)는 표정을 바꾸지 않은 채 고개만 가볍게 앞으로 뺐다가 곧바로 들이밀면서, 안녕하세요 하고 거의 들리지 않을 정도로 작은 소리로 인사했다. 이쪽을 쳐다본 그 눈은 흰자위가 거의 없어 눈동자 전부가 온통 검은빛을 띠고 있다. 히요는 어떻게 시선을 맞추어

---

* '아나'는 일본어로 '구멍'이라는 뜻을 가진 말이기도 해서 여자의 이름인 아나와의 동음이의어로서 연상이 된 것이다.

야 할지 알 수 없어 당황했다.

"아니, 어느새. 말을 했으면 파스타 삶아주었을 텐데." 뒤따라 들어온 마루코시가 말했다. "소스를 많이 만들어 두었는데."

"그럼 안 되지. 저녁은 제대로 먹어야 해." 도코가 반쯤 눈을 감은 채 말한다.

"하지만 아무도 날 부르지 않았는걸." 미쓰오(密生)는 아직 변성기가 지나지 않은 보이 소프라노로 대꾸했다.

히요와 아나는 마루코시를 슬쩍 곁눈질했다. "이거야 원!" 하고 마루코시가 쓴웃음을 지으며, "함께 먹을 때는 미리 말해주었으면 좋겠구나" 하고 부드러운 어조로 말했다. 미쓰오(密生)는 아무런 반응도 보이지 않고 히요를 쳐다보고 있었다. 히요가 자기 소개를 하며 잘 부탁한다고 말하자 미쓰오(密生)는 거의 앵무새처럼, 잘 부탁해요 하고 중얼거렸다. 그러고 나서야 히요한테서 시선을 돌리며 자리를 일어서더니, "자, 이제 됐으니까 미쓰오(密生)도 자야지" 하는 마루코시의 말을 무시하고 자기 접시와 조금 전에 다른 사람들이 썼던 접시를 씻기 시작했다. "씻고 싶어하니까 그냥 놔둬요" 하고 도코가 말했기 때문에 모두 방으로 돌아갔다.

))

도코의 방은 L자형 집의 세로줄 부분에 있었다. 도코를 침대에 눕히자 아나가 마루코시와 교대해서 옷 갈아입는 걸 도와주었다. 마루코시는, 내일은 토요일이니까 모두들 실컷 자도 돼요, 난 출근해야 하지만 낮에는 잠깐 돌아올 테니까, 하고 말하고 도코의 방 바로 아래에 있는 자기 방으로 돌아갔다.

침대에 들어가서 불을 끄자마자 히요는 아나가 "오늘은 그만 해" 하는 말을 무시하고, 잠옷과 팬티를 벗겨내더니 발기한 성기를 등 뒤에서 엉덩이의 움푹 팬 곳의 윗부분에 갖다대며 "이렇게 하면 편안해져" 하고 말했다. 움푹한 틈과 성기의 모양이 딱 맞아 그 틈을 틈새 없이 메울 때의 그 느낌을 좋아하는 것이었다. 아나가 "매립 작업이야? 재개발?" 하고 웃으며, "지진!"이라며 장난을 치며 넓은 바다와도 같은 엉덩이를 흔드는 바람에 히요의 성기 끝이 아나의 성기에 닿나 했더니 훅 들이켜는 극

수처럼 빨려 들어가버렸다. 아나는 "움직이지 마" 하며 손을 뒤로 돌려 히요의 허벅지를 누른 채로 "붉은 흙, 억새, 목욕탕" 하고 손가락으로 헤아린다.

"오늘 벌써 네번째야."

"괜찮아. 여덟 번 한 적도 있잖아."

"그땐 아직 젊었으니까."

"지금도 젊어. 도코 씨하고 비교하면 아나는 젊은 편이지. 아니, 이거야 원!"

"지금 비교한 거야? ⋯⋯아, 움직이지 말라니까. 넣은 채로 잠들고 싶어."

"싫어, 난 하고 싶어. 집이 삐걱거릴 정도로 끝내주게 하고 싶단 말야."

"히-요-" 아나는 달래듯이 말하며 히요의 성기에 손을 대고 천천히 허리를 들어서 빼더니 몸을 뒤집어서 히요를 마주 보았다.

"몇 번 사정을 한다 해도 기억이 방출되는 건 아니잖아."

아나의 손 안에서 히요의 성기는 빠른 속도로 작아졌다. 아나는 당황해서 "미안, 내 말이 좀 지나쳤어" 하고 사과하며 손으로 힘을 주어 당겼지만 히요의 몸 전체는 침묵 상태다.

"히요. 히요히토. 듣고 있어? 자, 여길 핥아봐."

히요는 아나의 말대로 거길 핥아보았다. 폐쇄적이고 수동적인 이 느낌은 아까 본 미쓰오(密生)와 유사하다는 생각이 들었다. 아나는 반응이 있었다는 점에 안심한 듯이 히요의 머리를 쓰다듬으며, 마루코시라는 사람은 일단 분해해서 다시 조립하면 부품이 모자라는 인조 인간 같은 느낌이 들어, 도코 씨는 섹시해서 좋겠어, 나라도 입 안에 넣고 빨아보고 싶어질 것 같아, 하지만 마루코시 씨는 무리일 거야, 미쓰오(密生)는 눈이 검은 토끼 같아, 갑자기 공격적으로 변해 사람 손가락을 물어뜯을 타입이야, 라는 식으로 끊임없이 화제를 피하려고 애를 쓰지만, 히요의 귀에는 단편적으로밖에 들어오지 않는다. 히요의 두개골의 안쪽에서는, 여기는 도대체 어딜까, 저 사람들은 도대체 누구지, 자신은 여기에서 저 사람들과 무슨 짓을 하고 있는 거지, 라는 식으로 이제까지 막아두었던 의문들이 쏟아져나오고 있다. 그것들을 입 밖으로 털어내고 싶었지만 말하게 되면 아나는, 자기를 위해서 둘이서 도망칠 수 있는 장소를 찾았던 거잖아, 페루도 싫고 이 은신처도 싫다고 하면 도대체 만족하며 있을 수 있는 곳이 어디에 있다는 거야 하고 소리칠 것이다. 그녀의 말이 맞다. 자신에게 딱 맞는 장소가 없다는 것은 이제까지의 22년 인생으로 충분히 알고 있으며, 그걸 찾으려고 애쓰거나 한 적도 없다. 일본계 혼혈아로서, 혹은 페루인으로서 안고 있는 문제, 이것도 저것도 아닌 상태, 혹은 모국이라는 문제 등으로 인해 고민하는 친구들은 많았지만, 히요는 그런 것에 구애를 받은 적이 없었다. 부모가 일찌감치 페루로 돌아가버려 고등학생 때부터 혼자 산 탓도 있겠지만, 자신의 주위에서 페루를 느끼게 하는 환경은 사라져갔으며, 스스로도 지워갔다. 가끔 초등학교 시절의 리마 생활을 떠올려보아도 타인의 추억을 가로채고 있는 듯한 서먹서먹한 느낌만 들 뿐이었다. 페루에 있던 사내아이 알베르토 히요히토와 일본에 있는 청년 히요가 서로 연결이 되지 않는 건 당연하다고 생각하고 있었다. 뿐만 아니라 어제의 나와 오늘의 내가 다른 사람이었다. 따라서 자신은 그 어디 사람도 아니라는 걸 믿어 의심치 않았다. 주위로부터 페루인으로 간주되어 외국인 취급을 당할 때는 짜증나기도 했지만, 자신은 이러이러한 사람이라고 주장할 생각이 없는 히요에게는 기본적으로 남의 일이었다. 사춘기를 지난 후에 돈벌이차 일본에 온 일본계 페루인들이 틈만 나면 일본 사회의 차별에 대해 화를 내며 항의했지만, 히요는 공기나 물에게 화를 내서 어쩔 셈이냐는 식의 냉담한 기분이었다.

하지만 지금은 그런 태도 자체가 모든 악의 근원이었으며, 꼬리에 꼬리를 물듯이 수많은 오류들이 이어져 있는 듯한 결과를 초래하는 원인이었다는 느낌이 들어 꺼림칙하다. 서로 연결되지 않는 것들이 무리하게 연결되어버리곤 하는 사태를 이해하고 해명하려 하지 않고 잠자코 따라온 게 나의 불찰이었다. 유치장에 있는 다케리토는 정의에 의해 빛나고 있지만 자신은 다케리토의 정의로부터 멀어져갈 따름이다.

사건 전에는 그렇게 멀리 떨어져 있지는 않았다. 초등학교 졸업 무렵부터 똑같이 일본어를 배워 이 나라에 동화하게 된 다케리토나 히요는 더 나이를 먹은 뒤 돈을 벌러 일본에 와서 잘 적응하지 못하는 일본계 남미인들과는 달랐다. 두 사람에게 다른 점이 있다면 히요는 연애에 빠져 고등학교 졸업 후 가까운 공장에 취직한 데 비해서, 다케리토는 고등학교 때 학생회장을 하고 제대로 대학에 진학해, 마음이 맞는 돈벌이 온 일본계들을 도와주려고 애를 썼던 점 정도일 것이다. 그와 동시에 페루에 매달려, 집착하는 일본계 페루인들에게는 엄격했다. 특히 일본어도 제대로 배우지 않고 돈푼이라도 들어오면 모형 총을 사서 일본인 중학생을 협박하거나 여자들을 꼬시거나 하는 주제에 일자리를 잃거나 냉대를 받거나 하면, 차별이라며 날뛰는 작자들에게는, 철이 없다, 우리에게 피해를 준다고 하며 가차 없이 비난을 퍼부어왔다. 놈들을 일본어로 조롱했기 때문에 주먹다짐으로까지 번져 다케리토가 나이프로 발의 인대가 끊어지는 큰 부상을 당한 적도 있었다. 또한 불량배가 아닌 일본계들한테도, 소행은 나쁘지만 그자들에게도 일말의 진실이 있어, 히요 같은 애들은 그런 진실을 이해하지 않고 성장 후 돈 벌러 온 일본계들의 고생에 너무 냉담하다는 식의 규탄을 받았었다.

바로 그 젖비린내 나는 불량배 일당이 일본인 폭주족에게 시비를 걸었던 탓에 싸움은 시작되었다. 깡패들은 폭주족의 차를 부수기도 하고 오토바이를 쓰러뜨리기도 했다. 하지만 보복을 받아 살해당한 건 그 어느 쪽하고도 관련이 없는 엘 야마토였다. 우선 그곳에서 무슨 일이 일어나서 엘 야마토가 엮이게 되었는지를 히요는 알 수가 없었다. 패거리를 결성한 폭주족은 일본계 페루인들을 발견하자 깡패들이 있는 곳을 말하라며 협박했고, 모른다고 하자 거짓말하지 말라며 두들겨 팼다. 가와사키 역에 쳐들어왔을 때는 엘 야마토에게 집단 폭행을 가했고, 이 자식 얼굴이 닮았으니까 동생일지도 모른다고 누군가가 소리쳐서, 엘 야마토는 끌려갔다.

게다가 엘 야마토가 살해당하자 곧바로 다케리토가 반폭주족의 선두에 서서 그전까지는 결코 용납하지 않았던 일본계 남미인 불량배들과 관계를 맺기 시작한 것도 히요에게는 납득이 가지 않았다. 동생의 죽음에 분노할 수 있는 다케리토, 난 이제부터는 '猛人'이라고 쓰고 'takerito'라고 읽는 사나운 사람이 될 거야, 일본인이며 동시에 페루인이기도 하며, 그 어느 쪽도 아닌 'takeru(사나운) 사람'이 될 거라고 선언하고 맹렬하게 돌진해가는 다케리토의 기분이 히요보다 좀 더 확고한 것이라는 점만은 이해할 수 있었다. 그 확고한 태도를 목격하게 되자 히요도 일본계 페루인으로서 뭔가 행동을 취해야만 한다는 생각에 초조해졌다. 그래서 다케리토가 보복 계획을 밝혀왔을 때, 네가 분노에 의해 행동하는 'takeru(사나운) 사람'이 된다면 난 안식일의 일본계 페루인 'hiyo(일요일의) 사람'이 되어 보조를 맞출 테니까 함께 가담하게 해줘, 뭔가 도와주고 싶어 하고 부탁했던 것이다. 다케리토는, 좋아, 그럼 중립의 증인으로서 처음부터 끝까지 지켜봐줘, 이건 우리의 표현이야, 지켜봤다가 세상에 전달할 제3자가 필요해, 그러니까 우리가 위험하더라도 끼어들지 마, 최악의 상황이 벌어지더라도 참고 지켜보고만 있어, 그리고 매스컴에 전부 이야기하는 거야, 재판이 벌어지면 있는 그대로를 증언해줘, 하고 거꾸로 나에게 부탁했다. 히요는 이거야말로 일요일의 사람에 걸맞은 사명이라고 감동하며, 이제까지의 삶을 보상받을 수 있겠다고 기뻐하며 떠맡았다.

그러나 충분히 예측 가능한 일이었지만 난투극이 시작되고 보니, 윤곽이 뚜렷하고 피부는 계피색, 커다란 눈은 약간 초록빛이 돌고 속눈썹이 긴 혼혈 인종의 얼굴을 한 히요가 중립의 방관자로 보일 리는 없었다. 구석에서 바라보고 있는데 '더러운 피를 가진 놈'이라는 소리와 함께 뒤에서 쇠파이프로 공격해왔다. 그 과정이 슬로 모션으로 보여서 마치 바나나라도 따듯이 간단히 쇠파이프를 비틀어 뺏고는 '내 어디가 더럽냐?' '아나하고 사귀는 게 뭐가 나쁘냐는 말이야' 하고 소리치면서 휘둘러댔다. 엘 야마토의 보복을 할 작정이었던 것이 전혀 무관한 히요가 역시 아무런 관계도 없는 녀석을 반죽음에 이르게 한 다른 사건으로 변질되어버렸다. 관계가 없는 것들이 염주처럼 엮여 있는 인생을 주어지는 대로 받아들여왔던 습성이 사건을 일으키게 된 거라는 생각이 들었다. 그런 생각이 들긴 했지만 어떤 구조에 의해 꼬리에 꼬리를 물듯이 수많은 오류들이 이어져 있는 건지는 도저히 알 수가 없다. 자신이 일으킨 사건인데 벌써 남의 일처럼 느껴진다. 실제로 이 불모의 고원 속에서 멍하니 살아가는 사람들과 무의미한 시간을 보내고 있는 자신은 사건 그 자체로부터 분리되어 있다. 시간이 몇 개나 되는 알갱이처럼 떠 있는 채 섞이지 않은 상태이며, 수많은 히요가 그 알갱이 하나하나에 갇혀 있다. 이 모든 구조를 이해하지 않으면 자신은 갈기갈기 흩어져 있는 상태다. 이런 생각들을 하면서 히요는 절망적인 기분에 빠져들었다.

아나는 어느 틈에 잠이 들어 이야기 소리도 잦아들었다. 밖에서 들려오는 것은 벌레 소리와 억새가 흔들거리는 소리뿐이다. 도무지 잠이 올 것 같지 않아 히요는 일어나서 발코니로 나갔다. 커다란 달이 바로 머리 위에서 비추고 있다. 산도 억새도 짙고 옅은 푸른색만으로 윤곽이 드러나 있었다. 아나를 깨워서 보여주고 싶었지만 깨우는 순간 이미 세상에 불이 밝혀져 이 광경이 사라져버릴 것 같은 느낌이 들었다. 이것도 인과 관계와 상관없이 생긴 오류 중의 하나라고 생각했다.

집을 떠받치고 있는 통나무가 삐걱거렸다. 히요는 소리 나는 쪽을 쳐다보았다. 왼쪽에 있는 도코의 방의 발코니에 도코의 뒷모습이 검푸른 실루엣이 되어 있었다. 도코의 방이 히요와 아나의 방보다도 남쪽으로 삐죽 튀어나와 있기 때문에 히요의 위치에서는 발코니의 오른쪽 끝밖에 보이지 않아 도코가 그쪽으로 걸어올 때까지 알아차리지 못했던 것이다. 도코는 난간에 손을 얹고 달이 뜬 쪽을 향하고 있다. 하얀 베레모를 머리에 쓰고 달빛을 받아 은빛으로 빛나는 잠옷은 바람결에 부드럽게 흔들린다. 이따금 뭐라고 중얼거리고 있지만 히요에게는 들리지 않는다.

도코가 또다시 왼쪽으로 걸어갔기 때문에 보이지 않게 되었다. 히요는 참고 있던 숨을 내쉬며 어둠에 익숙해진 눈으로 정원을 내려다보았다. 달빛을 받아 번쩍이는 눈이 히요의 눈과 마주쳤다. 마루코시였다. 툇마루에 앉아 무표정하게 얼굴을 쳐들고 있다. 히요는 봐서는 안 될 걸 본 것 같아 당황해서 숨으려 했지만 이미 늦어서 하는 수 없이 억지웃음을 띠며 말을 걸려고 했다. 하지만 마루코시의 눈은 이미 히요 쪽을 보지 않고 도코의 발코니 쪽을 바라보고 있었다. 히요도 그쪽을 봤다. 양팔로 자신의 몸을 끌어안는 포즈를 취한 도코가 또다시 이쪽으로 걸어온다. 무거운 걸 안고 있는 듯이 비틀거리며 뭐라고 중얼거리고, 반짝이는 눈은 이따금 하나의 점을 응시하는 듯하다가 다시 왼쪽으로 사라져간다. 히요는 슬쩍 내려다보았지만 마루코시는 히요의 시선 같은 건 전혀 느끼지 못하는 듯이 꼼짝도 하지 않은 채 도코를 쳐다보고 있다. 벌레 우는 소리, 미풍에 흔들려 이삭들이 서로 부딪히는 소리를 내는 억새와, 도코가 걸을 때마다 삐걱거리는 통나무 소리만이 이 세상에서 움직이고 있는 것들이다.

히요는 갑자기 자신이 혼자라는 느낌이 들면서, 아나가 같은 공간에 존재하고 있다는 것이 이미 과거의 일이라는 생각이 들었다. 사건도 아나도, 그리고 그 밖의 모든 것이 히요로부터 멀어져가고, 윤곽을 빼앗긴 히요는 걸림돌이 전혀 없는 우주에서 확산되어간다. 그러면 여기에 남겨진 나는 누구인가? 히요는 부르르 몸을 떨더니 아나의 존재를 확인하고 싶어서 방으로 들어갔다.

아나는 침대에 누워, 있었다. 창으로 들어오는 달빛을 받아 창백해 보이는 피부는 침구의 일부인 것처럼 보여 숨을 쉬고 있는 건지 알 수가 없다. 히요는 비는 듯한 심정으로 뺨을 비볐다. 아나는 따뜻했다. 히요는 안도감으로 몸의 내부가 유기물로 변해가는 걸 느끼다가 갑자기 졸음이 쏟아져 아나 옆의 포근한 자리로 기어들었다.

☽

모두가 나간 부엌에서 식기를 씻고 행주로 꼼꼼하게 개수대를 닦는 미쓰오(密生)의 모습이 침대 속의 나에게는 보였다. 미쓰오(密生)는 그런 식으로 혼자 있는 모습을 일부러 과시한다. 내가 참견할 수 없으리라는 걸 알고 혼자서 접시를 씻기도 하고 구두를 전부 닦기도 하고, 유리를 번쩍번쩍하게 닦기도 한다. 그때마다 나는 살을 에는 듯한 고통을 느낀다. 괴로워서 난 협탁의 서랍에서 수면제를 꺼내 마셨다. 알코올을 마신 상태지만 상관하지 않는다, 늘 그랬다.

미쓰오(密生)에게 사과하고 싶지만 졸려서 입이 무거워 말을 할 수가 없다. 미쓰오(密生)는 접시를 다 씻자 이번에는 더러워진 나를 씻고 있다. 토막 내 개수대에 쌓아놓고 두 팔과 가슴 안쪽 등을 문질러 씻고 있다. 이제 됐어, 용서해준 거야 하고 생각하며 나를 만지고 있는 손끝을 보니, 미쓰오(密生)는 미쓰오(蜜夫)의 기척으로 바뀌어 나의 민감한 부분을 만지작거리고 있다. 미쓰오(蜜夫)의 손은 부드러워서 금방 알 수 있다. 어깨에서 등, 허리, 허벅지 근육의 긴장이 스르르 풀려가는 듯해 나는 정신이 몽롱해졌다. 이어서 미쓰오(蜜夫)에게, 용서해줄 거죠? 하고 묻자, 오늘 운전해준다면, 하고 말한다. 난 오케이라고 말하고 침대에서 일어나 밖으로 나간다. 모텔의 정원에는 이미 4년 반이나 그곳에서 살고 있다는 지미의 캠핑카가 있고, 늘 일찍 일어나는 지미는 마른 붉은 흙의 지면에 의자와 테이블을 꺼내 양철 접시에 담은 삶은 콩을 먹고 있다. 미쓰오(蜜夫)에게, 나도 삶은 콩 먹고 싶으니까 통조림 사와도 돼? 하고 묻는다. 미쓰오(蜜夫)는 지미의 아들 토미하고 원반 던지기 놀이를 하면서, 오늘 운전해준다면, 이라고 같은 말을 한다. 나는 고물이 다 된 닷선*의 시동을 건다. 미쓰오(蜜夫)는 조수석에 올라타 운전하는 나를 만지기 시작했다. 큰 강처럼 넓고 곧으며 아무도 없는 도로를 일부러 지그재그로 운전하며 간다. 그런 식의 운전이 무척 재미있었다. 하지만 일본으로 돌아간 뒤에는, 당신은 나에게는 절대로 운전을 시키지 않았다. 왜냐하면 일본에서는 지그재그 운전이 허용되는 길 같은 건 없으니까. 어차피 차는 이내 돈이 없어서 팔았지만.

그러는 사이에 팔 것도 없어졌지. 그래도 나는 상관없다고 말했잖아. 그런데도 미쓰오(密生)가 태어날 거니까

---

* Datsun: 일본제 소형 자동차 중 하나.

하며 당신은 느닷없이 착실하게 일하기 시작했지. 나하고 떨어져 있어도 당신은 아무렇지도 않게 일하고 있다는 걸 생각하니 자신이 무엇 때문에 살고 있는지 알 수가 없어졌어. 미쓰오(密生)하고 둘이 있을 때는 이 아이는 나에게 목숨을 맡기고 있는 거라고 생각했기 때문에 사랑스러워서 보살펴주었지. 하지만 당신이 돌아와서 미쓰오(密生)하고 놀고 있으면 내가 있을 수 있는 장소는 사려져버리는 듯한 느낌이 들었어. 당신이 벌어오는 돈은 내 비위를 맞추기 위한 검은 새틴으로 만든 이브닝드레스와 루비 목걸이, 그걸 몸에 걸치고 보러 가는 바그너의 오페라로 사라져갔지. 그런 건 조금도 보고 싶지 않았지만 일상적이 아닌 뭔가를 하지 않으면 가슴이 산산조각이 나버릴 것 같았거든.

나는 매일 의미도 없이 울었고 미쓰오(蜜夫)의 입김에서 점점 술냄새가 짙어졌다. 온 집안이 습기와 술냄새로 가득 차게 되었을 때, 미쓰오(蜜夫)는 일을 그만두었다. 그리고 난 부모에게 돈을 빌렸다. 또다시 돈을 빌렸다. 부모에게 돈을 빌렸다. 어머니는 아버지에게 비밀로만 한다면 얼마든지 도와주겠다며 돈을 빌려주었다. 이미 그런 식의 이야기에서 벗어났다고 생각했는데 또다시 들어야만 했다. 아버지든 어머니든 옛날부터 나와 단둘이 되면 상대방의 험담을 들려주곤 했다. 아버지는, 엄마는 사실은 널 좋아하지 않는단다 하고 말했다. 너보다 히로미를 귀여워한다고 했다. 나는 어머니가 애완용 고양이 히로미를 무릎에 올려놓고 뭔가 이야기를 들려주고 있는 모습을 볼 때마다 뱃이 뒤틀려서 히로미를 죽이고 말 거라고 남몰래 맹세했었다. 한편 어머니는 아버지가 자신에게 보험을 들어 죽이려 하고 있다는 말까지 했다. 그러니까 아버지가 만든 음식은 먹으면 안 된다고. 그러면서 셋이서 있으면 둘 다 그럴싸한 부모 행세를 했다. 국회의원의 딸과 회계사라는 입장이 두 사람에게 계속 허세를 부리게 했다. 나는 어느 쪽에도 붙고 싶지 않지만 두 사람이 헤어지거나 정말로 서로 죽이거나 하면 어느 쪽에 붙어야 좋을지 몰랐다. 또한 한편으로는 어느 쪽에든 붙지 않고는 살아갈 수 없는 자신이 한심하다고 생각되어서, 나를 이 세상에 내보낸 자를 저주하기도 했다. 그런데도 죽지 않았던 것은 그런 부모로부터 떨어져서 산다는 것이 얼마나 멋진 일인지 모르고 죽어서는 안 된다고 마음먹었기 때문이다. 미쓰오(蜜夫)와 만나서 처음으로 나는 자신이 한 인간이 된 것 같았으며, 부모로부터 떠나기 위한 것 이외의 이유에 의해서 사는 듯한 느낌이 들었다. 나는 나였다. 그럼에도 미쓰오(蜜夫)에게 다가가면 다가갈수록 생활은 어려워져 끝내는 부모에게 의지하지 않을 수 없게 되었다. 미쓰오(蜜夫) 덕분에 부모로부터 멀어졌고, 너무 멀어지자 한 바퀴 돈 후에 부모 곁으로 돌아가버렸다. 내가 미쓰오(蜜夫)와 함께 있을 수 있도록 도와주고 있는 게 그 사람들이라는 생각을 하자 이제 죽을 수밖에 없다고 느꼈다. 내가 부모와 떨어져서 지낼 수 있는 환경을 만들고 있는 게 바로 부모라는 생각을 하자 머릿속의 기능이 멈췄다.

이제 그만둬, 지금 가장 가까이 있는 건 나잖아. 미쓰오(蜜夫)의 기척이 나를 나무라며 머리를 쓰다듬는다.

몸을 팔아서라도 돈은 갚을 거야. 나는 큰 소리로 외친다.

미쓰오(密生)가 있는 데서 어떻게 그런 말을. 미쓰오(密生)를 위해서잖아.

머릿속에서 검은 오로라 형태의 막이 낮게 드리워졌다.

나는 안고 있던 미쓰오(密生)의 머리를 손바닥으로 때린다. 그러자 당신은 내 빰을 때렸다. 처음으로 때렸다. 그리고 내 팔에서 미쓰오(密生)를 뺏어갔다. 나는 뭔가에 속으며 살아온 것 같은 느낌이 들어서, 이것은 착각이야 하고 한 번만 더 부정해주기를 바라며 당신의 발에 매달렸다. 하지만 미쓰오(蜜夫)는 아기에게, 전부 잊는 거야, 아버지의 얼굴도 어머니의 얼굴도 기억하지 않는 게 좋아, 하고 말할 뿐 나 같은 건 안중에도 없는 듯했다.

그때 난 너에게 말을 하고 있었던 거야, 하고 미쓰오(蜜夫)의 기척은 말한다.

이제 그런 건 아무래도 상관없어, 내가 잘못한 거니까 용서해준다면 그걸로 됐어. 나는 도망칠 생각은 없었어. 다만 잠깐만 어디론가 사라져서 피곤함을 씻고 싶었을 뿐이야.

내가 그렇게 말하자 당신은 내 몸에 달라붙었다. 안심하고 몸을 맡기고 있자 어느새 미쓰오(蜜夫)는 떠나가고 몸이 로프로 묶여 있었다. 나는 미쓰오(蜜夫) 이 얼간이 자식이, 라고 중얼거리며 빼놓고 묶어 자유로운 상태인 왼손으로 가위를 쥐고 로프를 자른 것까지는 생각이 난다.

묶인 몸이 느슨해지면서 안도감이 찾아들었고, 도망칠 생각으로 눈을 뜨고 일어나자, 이미 황금색 빛이 온 방 안에 가득 차 있다. 투명한 사과 주스색의 태양이 억새 이삭에 반사되어 흔들거리며 내 방 천장을 비춘다.

나는 잔 것 같지 않은 몸을 깨우기 위해 2층 욕조에 뜨거운 물을 받았다. 어제는 만취 상태여서 목욕을 하지 않았다. 만취해서 아나와 히요히토의 접대도 못 했고, 마루코시를 도와주지도, 미쓰오(密生)를 돌봐주지도 못했으며, 오히려 그들이 나를 돌봐주었다. 그것이 슬퍼 울상이 되었다. 눈물이 뜨거운 물에 섞인다. 욕조 속에서 잠깐 조는 사이에 누군가가 내 몸을 바람처럼 스쳐 지나갔다. 물에 빠지기 직전에 이르러서야 잠이 깨 당황해서 욕조에서 나오자, 마루코시는 이미 출근하고 없었다.

영국 빵을 굽고 멕시코 초코라테를 뜨거운 우유로 녹이고 있는데 아나가, 안녕히 주무셨어요 하며 내려왔다. 아나는 잠이 깬 직후인데도 눈꺼풀이 너무나 상큼하고 싱싱해 아침 식사로 먹어버리고 싶어졌다. 우선 삶아야겠다는 생각에서 2층에 목욕물 받아놓았으니까 목욕하는 게 어때? 하고 권했다. 실제로 9시를 넘자 무척 더워져

자면서 땀을 흘린 아나는 이마에 흐트러진 머리카락이 해초처럼 달라붙어 있었다. 아, 그렇군요, 그렇게 할까요? 하며 계단을 뛰어 올라가는 모습이 또한 귀엽다.

빵을 먹고 코코아를 다 마신 나는 소리를 죽이고 2층 탈의실에 침입하여 알몸이 되었다. 그런 후에 느닷없이 욕실 문을 열고, 미안, 나도 들어갈게, 땀으로 끈적거려서, 하고 말했다. 몸을 씻고 있던 아나는 당황해하면서도, 그렇게 하세요 하고 대답했다. 나는 등을 밀어주겠다며 타월을 받아든다. 그리고 아직 씻지 않은 등의 등뼈를 따라서 코를 갖다 대어 냄새를 맡고 혀를 내밀어 핥으며, 히요히토의 냄새가 난다고 생각했지만 입 밖에 내지는 않고, 맛이 잘 배어 있네 하고 말했다. 나에게도 이렇게 미쓰오(蜜夫)의 냄새와 맛이 배어 있는 걸까? 아나가 깜짝 놀라 몸을 떨며, 하지 마세요 하고 조금 화를 냈기 때문에, 내 몸도 핥거나 냄새 맡거나 해도 좋아 하고 말하며 맨살을 내밀었다. 아나는 만지거나 하지는 않고 물끄러미 바라보며, 도코 씨는 다른 재질로 만들어져 있나요? 하얗고 탄력이 있어서 나보다도 젊어 보여요 하며 한숨을 쉰다. 욕조에 몸을 담근 나는, 이리 와 하고 아나를 불러들였다. 아나가 천천히 들어오자 욕조 물이 넘칠 듯 차올랐기 때문에 나는 물을 마셨다. 이 물은 나와 아나한테서 우려낸 국물로 만든 떡국, 나는 떡이고 아나는 떡국 위의 고명이야, 마셔봐 하고 말하자, 아나는 이해할 수 없다는 듯한 눈초리로 나를 쳐다보았다. 나는 어차피 돌출 행동에 나선 김에 아나의 배를 쓰다듬으며, 고운 피부네, 피부가 고울 때 빨리 아이를 가져 하고 말했다.

도코 씨도 피부가 고울 때 아이를 가졌나요?

그래, 난 스무 살에 임신했어.

그런데도 아직까지 이렇게 피부가 탄력이 있군요.

아직까지?

아, 죄송해요.

괜찮아. 나 같은 사람은 너무 나이를 많이 먹어서 이미 죽은 상태니까.

나이를 모르겠어요.

아나도 마찬가지.

정말이에요? 난 도코 씨가 남처럼 생각되지 않아요.

어머, 기뻐라. 자매처럼?

그런 게 아니라, 뭐랄까, 나 자신처럼 느껴져요.

내가 아나라? 그것도 좋군. 그렇다면 내가 히요히토와 사귀어도 괜찮겠지?

아, 좋으실 대로 하세요. 히요는 까다로운 편이지요. 그럼, 내가 미쓰오(密生)의 엄마가 되나요?

아직 잘 모르는 것 같군. 그런 말을 해서는 도코로서 실격이야.

탕에 오래 있어서 너무 익은 것 같아요.

욕조를 빠져나오기 전에 한 번 더 마셔보았지만 물맛밖에 나지 않는다. 갑자기 가슴이 울렁거려서 나는 이를 닦았다. 아나는 토스트를 먹으면서 신문을 읽고, 커피를 마시면서 「토요 서스펜스」인가 하는 프로를 보고, 나는 그런 아나를 곁눈으로 바라보면서 여름용 스웨터를 짰다. 이 정도면 마루코시의 사이즈에 맞을 거라고 생각하고 있을 때 마루코시가 돌아왔다. 서두릅시다, 점심 시간이 한 시간밖에 없으니까 하고 재촉해서 나와 아나는 서둘러 채비를 하고 오늘 밤 파티에 필요한 장을 보러 외출했다. 돌아올 때는 마루코시가 태워다 줄 시간이 없으니까 택시로 돌아오게 될 거다. 가게의 경비로 처리해야지.

☾

 두 사람이 장을 보고 돌아올 때까지도 잠에 곯아떨어져 있던 히요는 아나가 두들겨 깨우는 바람에 일어났다. 시계를 보니 이미 2시가 지나 있었다. 잠들기 힘들었지만 일단 잠이 드니 제법 푹 잤구나 하며 하품을 하고 또다시 눈을 감자, 집안일 돕기로 약속했잖아, 도코 씨가 좀 피곤해서 쉬고 싶다고 하니까 히요가 청소기로 청소 좀 해 하고 말하는 아나에게 이끌려 침대에서 나왔다. 땀 범벅이 되었으니까 샤워 정도는 하게 해달라고 부탁을 해도, 나중에 나중에 하며 아나는 무시해버린다. 간단하게 식사 정도 하는 건 허락해주어서 아래층으로 내려가니, 도코는 아이스티를 타고 있었다.

 "벌써 엉덩이에 깔려 꼼짝 못하나 보지?"

 "아나의 엉덩이는 엄청 커요. 다다미 하나 정도 크기는 될걸요."

 "좋겠네, 멍석 같아서."

 아나는, 도코 씨, 하며 항의를 했다.

"스크램블드 에그 해줄까? 아나 씨도 먹을 거지?"

"제가 만들 테니까 도코 씨는 이제 쉬세요."

"고추가 들어간 남국풍으로 만들어줄게. 더울 때는 효과가 있어."

"목에서 침이 넘어가네" 하며 히요는 반색했다. 아나에게 "자기 일이잖아?" 하고 채근을 당해도 "저녁 준비는 열심히 할 테니까" 하며 마냥 늘어져 있다. "그럼 난 빨래하고 올게요" 하며 아나가 1층의 욕실로 사라지자, 할 일이 아무것도 없는 히요는 거실로 가서 '안소니'를 손에 쥐고 불어보았다. 소리는 나지 않는다. 히요는 소라를 부엌으로 가지고 와서 "도코 씨는 불 줄 아나요?" 하고 물었다.

"설마 내가 어떻게. 오늘 아침에도 마루코시는 붉은 사막에 가서 분 것 같던데."

"그래요? 아침에 일찍 일어나는 편이군요." 히요는 프라이팬을 흔드는 도코의 옆얼굴을 쳐다보았다. 도코는 마루코시가 보고 있었다는 걸 알고 있었던 걸까?

"저녁까지 할 일 없지? 히요히토, 붉은 사막을 산책해 보면 어때?"

"더 이상의 서바이벌 게임은 관두겠습니다."

"그래? 재미있을 텐데" 하고 말하더니 도코는 "접시 좀 줘" 하고 히요에게 명령을 하고 히요가 건네준 접시에 스크램블드 에그를 담으면서 히요의 귀에 숨결이 느껴질 정도로 입을 바짝 갖다 대고 "사막의 북쪽 구석에 조립식 오두막이 있으니까 한번 가보면 어때?" 하고 속삭였다. 히요는 도코의 눈을 들여다보았지만 도코는 눈썹을 치켜올리며 "뭐가?"라고 말하는 듯한 표정을 짓는다.

"그럼 난 잠깐 시에스타를 취할 테니까. 시에스타라는 건 스페인어죠?"

"리마에서는 시에스타 하지 않습니다."

"어머 그래? 그럼 자러 갈게요."

계란과 토스트를 아이스티로 넘기면서 히요는 신문을 훑어봤다. 사건의 속보는 실려 있지 않았다. 안심이 되기도 했지만 견딜 수 없는 불안도 느꼈다. 누군가가 난투 사건이 있었다는 사실만은 분명히 말해주었으면 하는 마음이 들었다. 누구라도 좋으니까 난투에 가담했던 놈들과 얘기를 나누고 싶다. 다케리토의 패들에게 전화를 걸고 싶다. 다케리토는 어떻게 되었는지, 누구에게 당했는지, 그 지역에서는 난투 사건에 대해 어떻게 생각하고 있는가 하는 것들을 다케리토의 패들의 입을 통해서 직접 듣고 싶다.

히요는 거실에 있는 전화기를 쳐다보았다. 하지만 자신이 걸었다가는 잘못하면 이 집에 폐를 끼치게 되고 아나의 고생을 수포로 돌아가게 한다는 생각이 곧바로 들었다. 너무 한가해서 탈이라는 생각이 들어, 히요는 설거지를 하고 청소기로 청소를 하고 아나가 시킨 대로 바닥 닦는 청소도 했다. 그래도 아직 시간은 남았다. 늦여름의 해는 높이 떠 있어 노을이 지려면 아직도 멀었다.

아나는 집안일을 끝내자, 나도 잠깐 잘게 하고 하품을 하며 말하더니 침실로 들어갔다. 히요는 텔레비전을 켜더니 곧바로 끄고, 마루코시의 침실로 살짝 들어가 붙박이장을 살펴보았다. 회색 사냥모자가 있기에 머리에 써 본다. 새를 쏘는 시늉을 하더니, 좋아 이걸 쓰고 잠시 탐험을 하기로 하자고 생각해, 타월을 단발머리 형태로 머리에 얹고 나서 모자를 다시 쓰더니 생수가 든 페트병을 들고 현관을 나섰다. 열기가 기름매미의 울음 소리와 함께 덮쳐온다. 히요는 뚜벅뚜벅 걸어서 문을 빠져나가 타이어 바퀴에 눌려 잡초가 나지 않은 좁은 길을 통해서 억새 들판을 가로질러 갔다. 길은 똑같은 넓이로 왼쪽으로 구부러져 있으며, 그 다음은 내리막길인 듯하다. 히요는 길을 오른쪽으로 벗어나서 붉은 흙이 드러나 보이는 들판을 향해 걷기 시작했다. 전방에는 도코의 말대로 조립식 오두막이 햇빛을 받아 베이지색으로 빛나고 있었다. 어제 지나갔을 때와는 달리 흙은 젖어서 레드 와인의 색을 띠고 있다. 그 수분이 증기 기관에 뒤지지 않을 정도의 기세로 대기 중으로 올라가는 것이 발밑에서 퍼지는 축축한 열기로 알 수가 있다. 풍경이 뒤틀려 보일 정도로 더웠다.

그 뒤틀린 풍경 속에서는 거리가 보기와는 달라, 오두막까지 20분 이상이나 걸렸다. 히요는 냉기가 약간은 남아 있는 물을 마시고, 몸의 중심이 어디에 있는지를 확인했다. 그런 다음 오두막을 한 바퀴 둘러본 후 유리가 남아 있는 서쪽 창으로 안을 들여다본다.

사람의 등이 보였다. 히요는 일단 몸을 굽혀 다시 한 번 신중하게 살펴보았다. 작은 체구에 황토색으로 물들인 도토리 꼭지 같은 머리 모양의 그림자는 미쓰오(密生)

가 틀림없었다. 오두막의 뒤편으로 돌아가 이번에는 유리창이 깨진 자리를 통해서 살펴본다.

미쓰오(密生)는 끊임없이 땀을 닦으면서 비둘기로 보이는 회색 새의 깃털을 뽑고 있었다. 털을 다 뽑자 흩어져 있는 깃털을 이미 깃털이 가득 들어 있는 듯한 흰 자루에 넣어 입구를 봉하고 손으로 두드려 모양을 가다듬더니 바닥에 놓고 그걸 베고 누웠다. 그런 다음 일어나서 헐렁한 자루에서 캠핑용 버너를 꺼내더니 군대용 나이프로 살을 잘게 잘라서 꼬치에 찔러 뭔가 조미료를 뿌려 버너의 불에 얹는다. 갑자기 엄청난 연기가 피어올랐다. 그 연기가 히요가 있는 쪽의 창문으로 흘러왔기 때문에 처음에 들여다보았던 서쪽 창으로 돌아갔다. 미쓰오(密生) 옆에는 공기총이 놓여 있는 것이 보였다. 히요가 중학생 시절에도 공기총의 총알 끝에 바늘을 달고 농약을 발라 비둘기나 고양이를 쏘는 것이 유행한 적이 있었다. 하지만 포획물의 해골을 학교로 가져온 녀석이 있었기 때문에 선생님한테 흠씬 두들겨 맞아 '수렵'은 엄한 단속의 대상이 되었다. 그때 히요와 다케리토가 포획물을 먹었다는 소문이 퍼졌다. 그로 인해서 다케리토는 닭고기나

고양이고기를 사용한다는 말이 떠돌던 패스트푸드의 햄버거를 먹을 수 없게 되었다. 히요는 소문을 퍼뜨린 녀석들을 패준 후 모든 걸 잊어버렸었다. 그런데 미쓰오(密生)는 정말로 비둘기를 먹고 있는 것이다. 히요는 미쓰오(密生)가 자신을 대신해서 비둘기를 먹고 있는 듯한 착각에 빠져, 네가 먹을 필요는 없다고 말하고 싶어져 유리창을 탕탕 두드렸다. 미쓰오(密生)는 뒤돌아보았지만 히요의 눈을 몇 초 동안 응시했을 뿐 또다시 몸을 돌려 남은 비둘기를 먹었다. 히요는 동쪽으로 돌아서 출입구처럼 보이는 문으로 들어가려고 했지만 미닫이문은 좀처럼 움직이지 않는다. 가까스로 문짝을 통째로 들어내려는 순간 그곳으로 온몸을 내던지듯이 미쓰오(密生)가 돌진해 왔다. 그 반동으로 쓰러진 히요를 향해 "조 탐비엥"이라고 말해, 히요도 엉겁결에 "뭐라고?" 하고 되물었지만, 미쓰오(密生)는 이미 집 쪽으로 달려가고 있었다. 히요는 "좆 같은 놈!" 하고 혼잣말을 하며 침을 뱉더니 험악한 표정으로 오두막으로 들어갔다.

히요는 우선 엄청난 먼지 때문에 계속 재채기를 해댔다. 둘러보니 부서진 사무용 책상과 철제 책꽂이, 비닐이 찢어져 속이 튀어나온 소파가 가루를 뿌려놓은 듯 먼지를 뒤집어쓴 채 놓여 있었다. 여기저기 밑이 빠져 있는 바닥에는 줄이 끊어진 배드민턴 라켓, 습기로 부풀어올라 너덜너덜해진 도색 잡지, 살이 부러진 검은 우산 등이 나뒹굴고 있다. 미쓰오(密生)가 사용하던 도구는 그 어디에도 보이지 않았다. 꾸르륵꾸르륵 꾸꾸 하고 우는 소리가 나기에 천장을 올려다보니 산비둘기가 쇠로 된 들보에 앉아 있다.

"멋진 별장이잖아."

도코였다. 온통 흰색으로 휘감은 채 문이 떨어져나간 출입구 바로 옆 벽에 기대고 있는 몸은 어두운 실내에서 마치 유령처럼 보였다.

"사람 놀라게 하시는군요."

"올 줄 알고 있었잖아? 그러니까 온 거 아냐?"

"언제 들어왔죠?"

"지금, 1초 전에. 노크하는 것도 이상하잖아?" 도코는 히요의 얼굴로부터 시선을 떼지 않은 채 사무용 책상 옆에 서 있는 히요 쪽으로 다가갔다.

"조금 전에 미쓰오(密生)가 여기서 비둘기를 먹고 있

었어요."

"그래?"

"여기 오는 도중에 만나지 않았나요?"

"만났어." 도코는 히요한테서 시선을 떼어 출입구 밖으로 눈길을 돌렸다.

"나에 대해 무슨 말을 하지 않던가요?"

"그 아이에게 있어서 난 자외선이나 적외선과 같은 존재야. 눈에 잡히지 않지." 도코는 한숨을 쉬며 접은 흰 레이스 양산에 기대듯이 하며 히요 쪽으로 몸을 기울이더니 또다시 히요의 눈을 보았다.

"잘해줘. 그 아인 히요에게 흥미를 가지고 있는 듯하니까. 그 아이가 사람에게 흥미를 가진다는 건 일종의 기적이야."

히요는 고개를 끄덕였다. 도코는 유럽의 귀부인이 걸치는 드레스처럼, 가장자리에 흰 레이스가 달렸고 옷자락이 아래로 갈수록 퍼지는 드레스를 입고 있다. 하얀 장갑에 물고기 지느러미 같은 모자까지 쓰다니 이런 먼지 구덩이에서 어쩔 셈이지 하고 히요는 생각했다.

"여기 들어오는 거 처음이야. 미쓰오(密生)가 은신처

로 삼고 있다는 얘기는 마루코시한테 들었지만." 도코는 실내를 둘러보면서, 아 더워! 하고 중얼거리며 작은 핸드백에서 손수건을 꺼내 이마와 콧잔등과 앞가슴에 갖다 댔다.

"여긴 이 근처가 달맞이 언덕이라는 이름으로 개발될 때의 현장 사무소였대. 벌써 10년 전쯤의 이야기지만."

"거품 경제 붕괴로 개발이 중지되었다더군요."

"마루코시한테 들은 게로군."

"마루코시 씨는 원래 어디 출신입니까?"

"글쎄. 고향은 여기가 아닌 것 같지만 자란 곳은 이 밑에 있는 마을이라는 것 같아. 근데, 물 좀 마셔도 될까?"

"아, 그렇군요."

도코는 페트병째로 흰 목을 한껏 빼고 물결치듯이 목젖을 울렁이며 물을 마시더니, 아! 맛있다 하고 말하며 한숨을 쉬었다. 히요는 일부러 그러는 거라는 걸 알고 있으면서도 푸르스름한 빛이 도는 듯한 목덜미에 넋을 잃고 말았다.

"도코 씨가 섹시하다고 아나가 말하더군요."

"기분좋은 말이로군. 하지만 아나도 빨려 들어갈 듯이

고운 피부잖아. 오늘 아침에 함께 목욕할 때 나도 뇌쇄당할 것 같았어."

도코는 한 모금 더 마시고 페트병을 히요에게 돌려주더니 뻗었던 그 손을 히요의 어깨에 얹으려 했다. 히요는 태극권이라도 하듯이 묘하게 몸을 비틀어서 자연스럽게 그 손을 피한다.

"함께 목욕했나 보죠? 나도 불러주었으면 좋았을 텐데." 딴청을 피우면서 도코로부터 멀어지려는 의도에서 방 안쪽을 향해 걷는다.

"아나의 살에서 좋은 냄새가 났어. 지금 알게 되었는데 그 냄새에는 당신 냄새도 섞여 있어."

"상당히 묘한 말씀을 하시는군요."

"난 냄새에 민감하니까. 향수 만드는 전문가가 될 수도 있을 정도지. 땀냄새로 그 사람의 기분도 알 수 있고." 도코도 히요의 뒤를 따라 걸어 방 안쪽을 향해 이동을 시작한다.

"그럼 도코 씨에게는 접근하지 않도록 해야지." 히요는 웃음 섞인 목소리로 말하며 빠른 걸음으로 소파 쪽으로 돌아왔다. "오늘 밤의 만두 결정했나요?"

"물론. 정력에 매우 좋은 걸로."

"또 그런 말을."

"아까 목욕탕에서 아나에게 아이를 가지라고 말해주었거든."

"아나는 아직 그럴 생각 없습니다. 우선 이런 상태에서야 무리라는 게 너무나 뻔하잖아요?" 히요는 도색 잡지를 걷어찼다. 잔인한 마음이 부글부글 끓어올라 잡지를 짓밟으며 "아이가 있으면 즐거운 일이 많은가 보죠?" 하고 물었다. 도코는 홍! 하고 자조적으로 웃더니, "만들어 보면 알지" 하며 히요를 노려보았다. 그리고 목소리를 낮추어 "아나가 나와 똑같아졌으면 해서" 하고 중얼거렸다. 히요는 잘 알아듣지 못해서 "예?" 하고 되물었다. 도코는 빙긋 웃으며 히요에게 다가가서 속삭인다.

"난 당신들을 좋아하니까."

"그래요? 감사합니다." 히요는 다시 움직이려고 했지만 그 팔을 도코는 놓치지 않고 붙잡는다.

"아 피곤해. 소파에 앉고 싶지만 드레스가 더러워지니까 당신의 무릎 빌려주지 않을래?"

히요는 재빨리 사냥모자와 타월을 벗어서 소파에 깔며,

자 앉으세요 하고 손짓을 했다. 도코는 "매우 친절하시군요" 하고 큰 소리로 대답하더니 그 자리에 앉는다.

"도코 씨는 이런 곳에서의 생활이 따분하지 않나요?" 히요는 사무용 책상에 기대어 서랍을 위에서부터 순서대로 열었다.

"따분하지 않을 리가 없잖아? 그래서 당신들이 와주어서 무척 기뻐하고 있는 거야."

"그런가요?" 하고 말한 뒤 히요는 입을 다물었다. 맨 아래 서랍에서 색이 바래고 너덜너덜한 『바로 사용할 수 있는 스페인어 회화 1개월』이라는 책을 발견한 것이다. 책장을 훌훌 넘기고 있는데 끝이 접혀 있는 페이지가 자동적으로 펴진다.

후앙: 당신들은 피곤합니까?
—Juan: ¿Ustedes están cansados?

미치코: 네, 나는 매우 피곤합니다.
—Michiko: Sí, estoy muy cansada.

아키히토: 나도 그렇습니다.
—Akihito: Yo también.

왜 이런 책이 여기에 있는지를 생각할 필요도 없었다. 돈벌이하러 온 일본계 남미인들이 여기에서 일하고 있어서 일본인 현장 감독 같은 사람이 간단한 회화를 배울 필요를 느꼈기 때문일 게 틀림없다.

히요는 꺼림칙한 기분이 들었다. 여기에서도 비난받고 있는 느낌이었다. 넌 누구냐고 추궁당하고 있는 것 같았다. 모른다는 말을 하게 놔두지 않을 거야, 자신이 왜 여기에 있는 건지 모르는 척하는 것은 용납되지 않아. 히요는 문득 교회든 어디든 좋으니까 누군가에게 고해를 하고 싶은 충동에 사로잡혔다. 목에서 말이 구역질과 함께 치밀어오른다. 말해버리면 편해진다. 하지만 헛구역질 같은 것이 올라와서 가슴이 쓰릴 뿐 말은 나오지 않는다.

달콤한 향기가 은은하게 풍겨와 히요는 도코가 옆에서 얼굴을 바싹 붙이고 책을 들여다보고 있다는 걸 알았다. 히요가 도코를 쳐다보자, 도코는 히요의 눈을 보며 "조탐비엥" 하고 책에 있는 문구를 따라 했다. 히요는 거칠게 책을 덮어 서랍에 처넣고 일어선다.

"돌아갑시다. 봐요, 벌써 5시예요. 마루코시 씨도 곧

돌아오겠군요."

☽

 도코가 맡은 배추김치와 부추와 조개를 넣은 만두가 마지막 순서였다. 샹차이와 마늘과 닭고기, 표고버섯을 넣은 아나의 만두는 호평을 받았고, 가리비와 감자라는 히요의 창안은 크로켓하고 착각한 거라며 반응이 나빴지만 그래서 오히려 분위기가 무르익기도 했다. 마루코시는 식탁에서 맥주를 들이켜고는 "응 이게 바로 이상적인 모습이지. 의사 가족다워졌군. 좋아" 하고 몇 번이고 되풀이 말한다. "도코와 미쓰오(密生)가 같이 있는 모습도 감동적이고."

 도코는 프라이팬에 뚜껑을 덮더니 마루코시에게 눈을 흘겼다. 아나는 "마루 씨, 취했어" 하고 말했다.

 "취한 건 아나야. 얼굴이 벌겋군. 이렇게 많이 마셨으니." 히요는 아나의 의자 뒤에 서서 어깨에 손을 둘렀다.

 "토레스 토리스테스 티그레스(세 마리의 외로운 호랑이)라고 말해봐."

"토에스 토에스티스 티스테스."

"거 봐, 혀가 잘 안 돌잖아."

아나는 팽이가 떼굴떼굴 구르는 듯한 소리를 내며 웃었다. 히요는 그렇게 웃는 걸 좋아했다. "하지만 나도 취했어" 하고 말하더니 아나의 뺨을 왼손의 손가락 사이에 껴 얼굴을 들어 올려 키스를 했다. 아나는 눈을 감았다. 야! 역시 본바닥은 다르군 하고 마루코시는 중얼거렸다. 히요는 아나의 손을 잡아끌어 의자에서 일으키고는 주머니에서 MD를 꺼내 오디오에 넣었다. 금속의 빈 깡통과 여러 종류의 북을 리드미컬하게 두드리는 소리가 나더니 트럼펫이 감미로운 선율을 불어댄다. 아나는 자연스럽게 허리를 꼬고, 히요는 스텝을 밟아 아나의 발에 감기도 하고 아나를 돌리기도 했다.

"이게 혹시 살사라는 춤인가?" 마루코시가 묻는다. 히요는 리듬에 맞춰 고개를 두 번 끄덕인다. "이게 살사로군. 음, 아주 좋아!" 리듬에 따라 발끝을 움직이고는 있지만 제대로 맞추지 못하고 있는 마루코시를 일으키고, 도코의 손도 잡아서 두 사람의 손을 붙잡게 했다. 도코는 재빨리 손을 빼더니 프라이팬을 들여다보며 물을 부었다. 쉿 하는 소리가 나며 맛있는 냄새가 섞인 김이 올라온다. 이번에는 아나가 도코의 손을 마루코시와 잡게 한다. 아나는 마루코시의 손을, 여기! 하고 말하면서 도코의 허리에 돌리게 하고, 도코의 손을 상대방의 어깨에 얹는다. "못 춰, 배운 적이 없는데" 하고 말하며 머뭇거리는 마루코시 옆에 히요가 서고, 아나는 도코의 옆에 서서 천천히 스텝을 밟아 보인다. 하지만 곧바로 자신들의 리듬을 타기 시작하여 뱅글뱅글 돌더니 거실 전체를 물벼룩처럼 헤집고 다닌다.

마루코시는 도코를 리드하기 위해 악전고투하고 있었다. 리듬을 무시해서 턴을 할 타이밍을 놓쳐 도코의 엉덩이와 부딪쳤는데, 처음에는 부끄러워했지만 곧 큰 소리로 웃음을 터뜨리게 되었다. 몇 곡을 추고 나서 잠시 쉬고 있던 히요가 그런 모습을 보고 있을 수가 없어서 코치를 해준다.

"잡아당기려고 하면 안 돼. 음악을 듣고 콩가인지 봉고인지를 구분해서 투쿠투쿠투쿠투쿠 하는 식으로 리듬에 맞추고 그러고는 도코 씨하고 리듬을 맞추기만 해요. 도코 씨의 맥박을 손과 허리로 느껴야 해요. 민감하게. 그

것에 맞추어서 어느 쪽으로 갈 것인지, 회전을 할 것인지를 결정해야죠."

"주문이 많군."

"도코 씨를 좋아하죠?"

느닷없는 질문에 마루코시는 "아니, 그건"이라며 우물거리더니 히요한테서 시선을 돌려버렸다.

"도코 씨를 좋아하죠?" 히요는 도망치는 마루코시의 시선을 좇으며 다시 한 번 묻더니, 대답을 기다리지 않고 "그럼, 도코 씨가 예쁘게 보이도록 춤추는 겁니다. 상대를 기분좋게 춤추도록 하는 겁니다" 하고 말하더니 감독처럼 소파에 몸을 내던졌다. 마루코시는 자신을 주체하지 못해 고개를 숙이고 발끝만 보면서 춤을 추었다. 그러자 도코가 "얼굴을 들지 않으면 멋있게 보이지를 않아. 남자가 멋이 없으면 나도 멋없게 보이잖아. 도코 씨를 좋아하죠?" 하고 히요의 말투를 흉내내며 어깨에 얹은 오른손으로 마루코시의 턱을 끌어올렸다. 교태가 흐르는 도코의 얼굴과 마주하자 마루코시는 웃음을 터뜨리고 말았다.

땀과 열기로 에어컨도 제 기능을 하지 못하는 듯이 느껴지는 거실을 빠져나와서 부엌으로 돌아간 미쓰오(密

生)만이 만두가 가스레인지 위에 올려놓은 채로 있다는 걸 발견했다. 불을 끄고 뚜껑을 열어보자 참기름의 고소한 냄새가 피어오른다. 한 번 뒤집어보니 전체적으로 적당한 갈색으로 잘 구워져 있었다. 프라이팬째로 식탁으로 옮겨 전부를 펼쳐놓았다.

MD 한 장을 다 추고 났을 때 일동은 맥주 한 병분의 휴식을 취했다. 마루코시는 춤추는 법에 대해서 핀트가 맞지 않는 질문을 히요에게 연달아 던지더니 일어서서 "이렇게? 이렇게?" 하고 직접 몸으로 해 보인다. 그러나 히요가 아무리 상세하게 설명해주어도 항아리 같은 체형의 마루코시의 움직임은 스모 선수의 동작으로밖에 보이지 않아 모두의 웃음을 자아냈다. 만두를 다 먹고 거실 입구의 바닥에 주저앉아 있던 미쓰오(密生)만이 웃지 않았다. 미쓰오(密生)는 웃고 있는 히요를 바라보고 있고, 그런 미쓰오(密生)를 도코가 곁눈으로 의식하고 있는 걸 히요는 피부로 느끼고 있었다. 히요는 전화기를 흘끗 쳐다보았다.

두 장째의 MD 도중에 서투르지만 나름대로 자신이 붙은 마루코시가 "이번에는 아나 씨하고 춰보고 싶군" 하고 말했다. 히요는 "아나는 인기가 있어 좋겠어" 하고 놀리면서 마루코시를 대신해서 도코와 짝을 이룬다. 히요가 허리를 끌어안자 도코는 거드름을 피우듯이 턱을 옆으로 돌리고 눈썹을 치켜올렸기 때문에 히요는 "예, 알았어요, 제가 졌습니다" 하고 작은 소리로 말하더니, 마술사가 카드를 다루듯이 도코를 돌리기도 하고 뒤로 젖히기도 하고 뒤집기도 했다. 도코는 눈을 감고 히요의 힘의 흐름에 거스르지 않고 몸을 움직였다. 그 눈썹 사이에는 점차로 주름이 지고 표정이 딱딱해져간다. 눈도 점점 힘을 주어 꼭 감아 눈꺼풀과 눈꼬리에 힘줄이 돋는다. 히요의 손을 잡고 있는 오른손도 떨리고 있다. 도코의 허리에 갖다 댄 손을 가볍게 미끄러지듯이 움직이자 등뼈에 힘이 들어가는 것이 히요의 손바닥에 느껴진다. 땀이 번들거리고 잔머리가 젖어 있는 목덜미 부근에 닭살이 돋아 울퉁불퉁한 음영을 이루고 있는 모습도 히요의 눈에는 보인다. 히요는 "도코 씨, 부드럽게" 하고 귓전에서 속삭였다. 도코는 그때에야 눈을 떴다. 그 눈동자가 옅은 먹물 같아서 히요는 당황했다. 미쓰오(密生)의 눈과 똑같다.

도코도 히요의 초록빛이 도는 갈색 눈을 보았다. 등줄기의 오싹거림이 그치지 않는다. 눈 색깔도 얼굴도 체격도 성격도 전혀 닮지 않았는데 이쪽으로 세차게 불어오는 기척이나 호흡이 생소하지 않다. 도코는 그 이름을 필사적으로 목구멍 위로 올라오지 못하게 했다. 하지만 깜박거릴 정도로 잠깐 눈을 감을 때마다 지금은 달이 뜬 새벽이고 침대 위에서 그와 사랑을 나누고 있는 듯한 느낌이 든다. 그런 착각으로부터 깨어나기 위해서, 이건 그가 아니라는 걸 확인하기 위해서 나는 눈을 떠서 히요히토를 직시한다. 이 손이 히요히토의 머리를 쓰다듬고, 이 입술이 히요히토의 빨간 입술에 닿으려고 하는 걸 나는 전신의 근육을 사용해서 억제한다. 그래도 안쪽이 녹아서 액체로 변해가는 건 막을 수가 없다. 그 액체가 흘러서 넘치게 되면 나로서는 더 이상 어찌할 도리가 없다. 나는 피곤한 척하고 히요히토한테서 몸을 뗐다. 열기가 나를 흥분시키기 때문에 시원한 부엌으로 도망쳤다. 미쓰오(密生)가 접시를 씻고 있다. 내가 온 기척을 느꼈는지 미쓰오(密生)는 바람에 날리는 풍선처럼 거실로 옮겨갔다. 나는 냉장고에서 얼음을 꺼내 이마와 뺨과 목과 가슴에 문질러서 식혔다. 항상 밤에 억새 들판 사이에서 나타나는 그이보다 히요히토는 더욱 입체적이고 강한 감촉이 있었다. 이 사람은 누구일까? 왜 여기에 와 있는 걸까? 여기서 뭘 하고 있는 걸까? 더 이상 생각하는 게 두려워져서 나는 다시 거실로 돌아갔다. 소파에 주저앉아 있던 마루코시가 "브라보!" 하고 외치며 전혀 템포가 맞지 않는 트롯의 리듬으로 손장단을 맞추고 있었다. 히요히토는 미쓰오(密生)의 손을 잡아 일으켜 세우고 있었다. 그가 미쓰오(密生)의 귀에 부드러운 입김을 불어넣으며 "미쓰오(密生), 여자 역할을 해. 내가 리드할 테니까 몸을 맡기면 돼" 하고 속삭이고 있는 것이 엄청난 음향의 살사 사이를 헤치고 나에게만 들린다. 미쓰오(密生)는 눈에 띄지 않을 정도로 살짝 고개를 끄덕였다. 히요히토는 미쓰오(密生)의 허리를 움켜쥐듯이 끌어안고 허리를 밀착시켜 미쓰오(密生)의 오른손을 부드럽게 감싸듯이 쥐고 부드러운 2박자의 스텝으로 천천히 움직였다. 미쓰오(密生)는 허리에서 직접 리듬을 느껴, 자연스럽게, 그야말로 자연스럽게 그 리듬에 맞추고 있다. 나는 또인가 하는 생각이 들어 눈물이 핑 돌았다. 지나친 망상이라는 걸 알고 있음에도 미쓰오(密生)와 그가 또다시 나를 따돌리고 있다는 느낌을 떨칠 수가 없다. 부탁이니 이쪽을 봐달라고 빌어도 히요히토와 미쓰오(密生)는 서로 마주 본 상태여서 내가 끼어들 여지는 없다. 그렇다면 난 혼자가 될 거야, 혼자 있으면 상처받을 일도 없을 거라고 생각해 몰래 나가려고 했는데 미쓰오(蜜夫)는 나를 침대에 묶었다. 미쓰오(蜜夫)도 나도 공기가 새어들 틈도 없을 정도로 딱 붙어 있고 싶은데 그렇게 할 수가 없어서 다른 힘을 빌리고야 말았다. 나는 로프를 끊고 불을 붙였다. 자신에게 불을 붙이고 싶었는데 정신이 들고 보니 커튼에 불을 붙이고 있었다. 그 다음에 정신이 들었을 때는 나는 젖어 있는 도로를 맨발로 걷고 있었다. 미쓰오(蜜夫)와 미쓰오(密生)는 나보다 먼저 도망쳤다는 걸 나중에 부모한테 듣고 알았다. 기억이 나는 건 그저 똑바로 걸으려고 했었다는 사실뿐이다. 앞에 울타리가 있어도 강이 있어도 똑바로 걸었다. 정확히 그 방향에서 아침 해가 뜨기 때문에 그전까지 바다에 도착하기 위해서는 방향을 바꾸거나 돌아서 가거나 할 여유는 없다고 생각했다. "모두 둥그렇게 원을 만들어 춥시다" 하고 외치며 마루코시가 손을 잡아주지 않았다면 나는 히요히토에게 달려들어 안겼을지도 모른다. 나는 흐르는 눈물을 손가락으로 닦아내고 마루코시에게 "고마워" 하고 말했다.

"잘됐군, 의사 부자 관계가 맺어져서. 히요 효과는 대단하군." 마루코시는 도코에게 미소를 지으며 히요와 미쓰오(密生) 두 사람의 어깨를 두드린다. "히요, 살사 교실을 열어. 매주 주말에 추자고. 이건 라디오 체조보다 좋군. 자, 빨리 원을 만들자고."

마루코시는 춤이 끝나서 자유로워진 미쓰오(密生)의 오른손을 도코와 잡게 하고, 자신은 미쓰오(密生)의 왼쪽으로 들어가, "자, 두 사람도" 하며 아나의 오른손을 잡고, 히요에게도 아나와 도코 사이로 들어가라고 재촉한다. 그러고 나서 곡은 살사인데 '팬터마임'을 하는 듯한 움직임을 시작했기 때문에 아나는 질렸다는 듯한 표정으로 히요를 쳐다봤다. 히요는 쓴웃음을 짓더니, 동작을 억제하듯이 작게 하라는 뜻의 제스처를 보냈다.

다음 곡이 되자 마루코시는 히요에게 눈짓을 하더니 미쓰오(密生)의 손을 놓았다. 히요는 내키지 않았지만 아나와 함께 원에서 빠져나와 소파에 주저앉았다. 중앙에는 손을 붙잡고 있는 미쓰오(密生)와 도코가 남았다. 마루코시는 또다시 손바닥으로 "하나 둘 하나 둘" 하고 장단을 맞추었지만, 도코는 "그건 살사가 아니야" 하고 소리치며 미쓰오(密生)의 손을 놓더니 화장실로 가버렸다. 혼자 내팽개쳐진 채 우두커니 서 있는 미쓰오(密生)의 손을 마루코시는 얼른 잡더니, "그럼, 미쓰오(密生), 마지막은 아나 씨와 함께" 하며 분위기를 수습하고 자신은 '안소니'를 안고 기본 저음과 같은 소절을 분다. 아나가 남자 역할을 맡아 추었지만 미쓰오(密生)는 오래된 생선회처럼 축 늘어져서 끌려다닐 뿐이었다.

모든 MD를 다 틀고 나서 준비해두었던 맥주를 비웠을 때는 4시 가까이 되어 있었다. 아나는 소파 뒤에서 히요의 등을 덮쳐 누르며, "우리 자자" 하고 속삭인다. 히요는 고개를 끄덕이더니 마루코시에게, 치우는 건 내일 제가 할 테니까 그대로 두세요 하고 말하고 아나의 손을 끌고 2층 방으로 돌아갔다. 바로 그 뒤를 가벼운 발소리가 뛰어 올라오더니 L자 형태의 긴 복도의 끝 방으로 미끄러져 들어간다.

침대에 들어가서 아나에게 딱 달라붙어 있는데 아래층에서 '안소니'가 혼잣말을 중얼거리는 듯한 소리가 낮게 울려왔다. 「Across the Universe」였다. 아나는 곡에 맞추어서 노래했지만 히요는 모르는 노래였기 때문에 아나를 더듬는 일에 전념했다. 소라 소리가 그치고, 곧바로 1층의 마루코시의 방문이 닫히는 소리만이 울리더니, 그후로는 벌레 소리와 아나의 숨소리만이 히요의 귀를 채웠다.

☽

노크 소리에 이어 대답도 기다리지 않고 문이 열리더니, 전체가 하얗게 부어오른 느낌의, 잠옷 차림의 도코가 "아나, 전화" 하고 불렀기 때문에 히요는 잠을 깼다. 정오를 지난 태양이 약간 서쪽으로 기울어서 비추고 있어, 목덜미는 땀으로 끈적거렸다. 아나는 바로는 일어나지를 못해, "누구?" 하고 갈라진 목소리로 되물었다. 도코가 "아미" 하고 대답하고 기다리고 있었기 때문에 아나는 어쩔 수 없이 복도로 나갔다. 히요도 함께 화장실을 향해 간다. 아래층으로 내려간 도코가 아나에게 "거실에도 전화가 있으니까 거기에서 받아" 하며 손가락질을 하더니 흐트러진 머리를 가다듬으면서 마루코시의 방으로 돌아가는 것이 보였다.

히요는 몸속에 조금씩 쌓여가고 있는 타르 상태의 액체가 표피로 스며나오는 듯한 느낌이 들었다. 그걸 문질러 없애려는 듯이 샤워를 하더니 티셔츠와 반바지 차림으로 발코니로 나가서 파라솔 아래에 있는 선탠용 의자에 눕는다. 타르 상태의 액체가 곧 다시 스며나와 탄 냄새를 풍긴다. 바람은 없다. 참매미와 까마귀의 울음 소리가 녹은 버터처럼 귀에 달라붙는다. 꿈쩍도 하지 않는 억새 들판은 괴어 있는 누르스름한 연못과도 같았다. 은색 자동차와의 대조가 눈을 자극한다. 도서관에 근무하는 마루코시는 일요일에도 일이 있을 텐데 숙취 탓인지 자동차로는 외출하지 않은 걸까?

 아나가 좀처럼 돌아오지 않는다는 생각이 들었다. 내려가서 적당히 하라며 전화를 끊어버리고 싶었다. 아나가 전화하는 소리를 듣고 싶지 않았다. 회선은 지금 가와사키의 아미코에게 연결되어 있다. 가와사키는 지금 전화기에까지 바짝 다가와 있다. 이 집에서 유일하게 배경이 아니며 무게를 지닌 존재인 전화기로부터 살아 있는 육성이 너와 연결되겠다는 의지를 드러내며 덮쳐온다. 하지만 스스로도 배경에 동화되어가고 있는 히요는 연결이 불가능한 상태다.

어젯밤에도 좀처럼 잠을 이루지 못했다. 취기와 흥분으로 묘하게 맑아지는 머릿속에서 살사가 윙윙거리고 있었다. 아나와 도코와 미쓰오(密生)의 감촉이 뒤섞여서 히요의 살에 되살아나 미칠 듯한 기분으로 뒤척이고 있는 사이에 엘 야마토와 춤추었던 날 밤의 일까지도 기억 속에 되살아났다. 다케리토의 스무 살 생일 파티가 열렸던 날로 엘 야마토는 고등학교에 입학한 직후였다. 아직 순진했기 때문에 함께 추고 싶어하는 여자애들을 제대로 다루지 못하는 엘 야마토를 놀려주려고 히요는 같이 추자고 했다. 너무 상큼해서 걸어서 바람을 일으키는 것만으로도 그 바람결에 스친 여자애들이 모두 정신을 잃고 쫓아다녔다는 엘 야마토. 히요가 여자 역할을 맡아 손을 잡자, 아직 식물처럼 몸이 가냘픈 엘 야마토는 부드럽고 절제된 움직임으로 히요를 리드했다.

그리고 히요는 갑자기 돌이킬 수 없는 생각으로 가슴이 찢어지는 듯한 아픔을 느꼈다. 숨이 멎을 것만 같았다. 엘 야마토가 이제는 없다는 사실이 처음으로 분명한 실감으로 히요를 엄습해온다. 그 느낌은 페루에서의 자신의 과거에 대해 생각할 때 엄습해오는 감각과 똑같았다. 히요와 엘 야마토가 춤을 추는 것은 철들기 전부터 춤이 몸에 배어 있는 페루의 알베르토 히요히토와 야마토 파블로와 연결되어 있기 때문이라는 생각이 들며 수수께끼가 하나 풀리면서, 자신이 그 어떤 것과 연결되어 있다는 사실에 대한 감동과 엘 야마토는 더 이상 춤을 출 수 없다는 허무감에 가슴이 찢어진다. 그 찢어진 곳으로부터 이제까지 평면이었던 광경이 입체적으로 또렷이 나타나 눈앞에 펼쳐진다.

헤프게 몸을 벌린 듯한 모양으로 어지러이 피어 있는 노랑색과 빨강색의 커다란 꽃이 벽 주위를 둘러싸고 있는 집이었다. 여덟 살이었던 히요는 대담해지기 위해서 패거리와 몰래 맥주를 마시고 나서 사촌 누나인 아나 마리아와 춤을 추었기 때문에 다리가 휘청거려 꽃이 심어져 있는 화분을 깨고 말았다. 나이가 훨씬 많은 사촌 누나를 꼬셔 보이겠다고 장담하며 패거리들과 푼돈을 걸어, 그때까지 엄마에게 이끌려서 억지로 추어왔던 춤을 처음으로 자신의 의지로 추려고 했던 것이다. 아나 마리아는 그후 일본으로 돈벌이하러 간 채 행방불명이 되었다. 아나 마리아를 속인 남자 브로커를 찾아내서 죽여버리겠다며 그녀의 오빠와 애인과 나는 리마의 알선 사무소로 쳐들어갔지만, 사무실은 이미 없어진 상태였다. 나는 일본에 온 후 아나 마리아 생각을 해본 적이 없다.

히요는 몹시 다케리토와 이야기를 하고 싶어졌다. 히요로서는 이해할 수 없는 사태를 다케리토에게 물어보고 싶었다. 이런 장소에서 밤을 새워가며 춤을 추고 있는 히요를 보면, 넌 낙오자야, 그저 잊기 위해서 돌거나 아래위로 움직이거나 땀을 흘리거나 하고 있을 뿐이야 하고 비난할까? 결국 히요의 태도는 바뀌지 않는군, 하고 기가 막힌다는 듯이 말할까?

하지만 춤을 추는 건 나도 엘 야마토도 페루에서 살았기 때문이라고 반론해본다. 그런 자신과 놈을 반 죽여놓은 자신을 연결시키는 건 그다지 어려운 일이 아니야 하고 말해본다. 그것이 어떻게 해서 연결이 되는 건지 모르기 때문에 나는 여기에서 이유도 이해 못 한 채 우두커니 있는데, 다케리토에게는 모든 것이 보이는 걸까? 사실은 보이지 않는데도 무시하고 단지 갈기갈기 찢고 있는 게 아닐까? 왜 다케리토는 자신감으로 가득 찬 정의를 내세우고 있을 수가 있는 걸까?

 다케리토 생각을 하면 자신이 왜소하고 지리멸렬하게 느껴져 기분이 꺼림칙해진다. 하지만 춤추고 있을 때의 감정을 엘 야마토와 더불어 머릿속에 떠올리면 그 어느 쪽도 히요 자신이라고 주장하고 싶은 기분은 강해진다. 서로 이웃해 있는 무관한 오류들 속에 갇혀 있는 히요는, 사실은 혼자라는 걸 남들이 알아주었으면 하고, 스스로 알고 싶기도 하다. 다케리토는 오류를 범했다. 단 하나의 오류를 가지고 뻔뻔스럽게 버티고 있다. 유치장의 철창 속에서 원인과 결과가 직접적으로 연결되어 있는 시간의 보호를 받으며 '정의의 죄'를 범하고 있다!

 간밤의 히요는 거기까지 생각한 후 머리의 혼란을 가라앉히고자 달빛이 밝게 비치는 발코니로 나가 혼자서 똑같은 궤도를 뱅글뱅글 맴돌았던 것이다. 벌레 소리에 익숙해진 귀에는, 소리가 들리지 않는다. 세계는 다시 조용해져 집이 삐걱거리는 일도 없다. 도코의 방 발코니는 텅 비어 있었다. 히요는 아무도 없는 정원을 내려다본다. 남빛의 어두컴컴한 지면은 때로는 깊은 물처럼 보인다. 집이 흔들린 것 같아 엉겁결에 발코니의 난간을 붙잡았다.

이 집, 이 땅이 통째로 방향도 없이 떠다니는 듯한 느낌이 들었다. 남빛으로 가라앉은 어둠 속에서 낯익은 사람들이 히요를 지켜보고 있는 것 같았다. 정원의 느티나무의 우거진 나뭇잎에는 리마에서 옆집에 살았던 세뇨라 산판이 패치워크를 하면서 히요를 감시하고 있다. 세뇨라는 패치워크를 하며 937일 전에 데모하러 나간 남편 돈 페드로가 돌아오기를 기다리고 있는 것이다. 세뇨라는 그런 식으로 시간을 이어 붙여서 남편이 돌아오면 돌려줄 거라고 했다. 히요는 세뇨라로부터 패치워크로 만든 가방을 열 살 때 생일 선물로 받았다. 하지만 너무 조잡해서 시장에서 'Hardrock Cafe Acapulco'라고 형광 오렌지색으로 프린트된 티셔츠와 바꿨다. 그 사실이 세뇨라의 딸에게 들통이 나서 히요는 목을 물렸다. 물리고 나서 반년이 지난 후 히요는 그녀의 딸 스사나하고 도망치려고 했다. 히요는 아직 정액이 나오지 않았기 때문에 스사나는 임신은 하지 않았다. 스사나도 이 억새 들판의 어딘가에서 히요를 손짓으로 부르고 있는 것만 같았다.

히요는 시선이 두려워서 달을 쳐다보았다. 이해할 수가 없었다. 생각을 하면 할수록 이제까지 그저 생소할 뿐이었던 옛날이야기가 지금 일어나고 있는 현실로 느껴진다. 스사나의 검은 긴 머리가 목에 감기는 감촉마저 느껴진다. 이대로 발코니에 있다가는 히요는 그들에게 납치되어, 리마에서의 어린 시절 속에 감금되어 똑같은 일이 영원히 되풀이될 것 같았다. 히요는 기억을 끊어버리듯이 하고 방으로 돌아가 창문을 닫았다. 그래도 아직 스사나의 강렬한 체취와 세뇨라의 시선의 여운이 히요를 감싸, 히요는 그것들로부터 도망쳐 사건 쪽으로 다가가고 싶어서 안달하면서도 용케도 편안한 마음이 되어 잠 속으로 빠져들었던 것이다.

전화를 마친 아나가 방문을 연 것과 히요가 더위로 의식을 잃을 것만 같아 에어컨을 켜둔 실내로 되돌아온 건 거의 동시의 일이었다. 히요는 아나가 수화기로부터 새어나온 가와사키의 공기를 쐬어 조금 전까지와는 다른 색깔과 냄새를 풍기고 있는 듯한 느낌을 받았다. 히요는, 역시, 하고 가슴이 탁 막혀 잠자코 있었다. 아나는 침대에 걸터앉아 서성대는 히요를 올려다본다. 그 얼굴이 거무스름하게 보이는 건 눈이 햇빛에 익숙해져버린 탓일까?

"아미코의 전화였어." 아나는 침묵을 견디지 못한 듯이 입을 열었다.

"벌써 알고 있었어."

"별로 좋은 이야기가 아니야."

"그렇겠지."

"잠자코 있으려고 했는데 벌써 눈치를 챘나 보지?"

히요는 웃었다. "눈치 채지 못했다고 대답하면 이제부터 잠자코 있어줄 셈이야?"

아나도 웃으며, 그 입 모양 그대로 "중태였던 아이, 죽었대. 게다가 그에 대한 보복으로 리키 씨가 폭행을 당한 것 같아" 하고 말했다. 히요는 "리키" 하고 중얼거렸다.

아나가 아미코한테 들은 이야기에 의하면, 오늘 아침 히요가 살던 방을 폭주족으로 보이는 젊은이 몇 명이 덮쳤는데 아무도 없는 것을 알자 이웃에 사는 리카르도의 방으로 침입해 히요의 행방을 캐내려고 했고, 리카르도가 모르지만 알고 있더라도 말하지 않겠다고 대답했기 때문에 젊은이들은 중태였던 친구가 간밤에 죽었다는 사실을 알리며 너도 히요코인가 하는 놈과 비슷한 놈이니까 그놈을 대신해서 죽으라며 폭행을 가했다고 한다.

아미코는 그 사실을 정오의 지방 뉴스를 통해 알게 되어 점심을 먹으러 페루 음식점 '아우로라'에 가서 자세한 내용을 들은 것이다.

히요는 다른 사람의 폐로 숨을 쉬고 있기라도 한 듯이 호흡이 부자유스럽게 느껴졌다. 발밑의 지면이 여닫이문처럼 열려서 50센티미터 밑에 있는 다른 지면으로 떨어진 듯한 느낌이 들었다. 히요와 같은 공장에서 일하는 리키는 가족을 아야쿠초에 남겨두고 혼자서 돈벌이하러 온 중년의 아저씨로 물론 보복에 가담하지도 않았으며 전혀 관계도 없었다. 또다시 일이 꼬이고 방향마저 바뀌었다. 이번 사건의 계기는 명백하다. 중태였던 소년이 죽었기 때문이다.

살인이 되는 걸까? 그렇지 않으면 무슨무슨 치사죄라는 게 되는 걸까? 그 자식이 죽을 거라는 생각 같은 건 전혀 해본 적이 없다. 그 아둔한 히요는, 바로 어제 파티에서 춤을 추며 한껏 흥겨워했던 히요이기도 하다는 생각을 하며, 그 히요와 지금 가슴의 고통을 가라앉히려고 애쓰고 있는 히요가 똑같은 히요라는 걸 어떻게든 증명하고 싶었다. 궁지에 몰린 히요가 질식사해버리면 춤을 추며 흥겨워하는 히요도 전부 죽게 된다는 걸 납득하고 싶었다. 그렇지 않으면 해체된 히요는 각각 가공의 인간으로 독립하여 머리 조작 한 번에 사라져버릴 것이다. 히요는 오류를 범해도 좋으니 분열되지 않은 다케리토처럼 되고 싶다고 생각했다. 이런 곳에 있어서는 안 돼, 직접 만나야만 한다고 생각해, "당장 가와사키로 돌아가자" 하고 말했다. 아나는 슬픈 표정을 지으며 고개를 흔들었다.

"그랬다가는 상황이 더욱 악화될 뿐이야. 누군가가 얌전히 있지 않으면 끝이 없어."

"이미 충분히 악화돼 있어. 왜 악화되고 있는지 알고 있어? 얌전히 보고만 있기 때문이라는 걸 이제야 깨달았어."

"히요, 거리를 두지 않으면 보이던 것도 보이지 않게 돼."

눈앞에 있는 솜 먼지나 아나의 얼굴이 멀리 희미해지고, 창밖의 햇빛 속에 떠다니는 흙먼지나 삼나무 잎은 미세한 움직임까지도 보였다. 시계가 적황색의 필터를 씌운 듯한 색으로 물든다. 땀이 줄줄 흘렀다. 리모컨으로 에어컨을 강하게 한다. 그런 다음 아나 옆에 앉아 눈을 가늘게 떴다.

"아나, 어제 즐거웠어?"

아나는 미간을 바싹 붙이며 당황해하는 표정으로 히요를 봤다.
"즐거웠지? 나도 즐거웠어. 아나, 나를 소중하게 생각하지? 나하고 함께 있기만 하면 좋다고 생각하고 있잖아."
아나는 당연하잖아 하고 중얼거렸다.
"여기 온 거나, 페루로 떠나버리자고 한 건 나하고 같이 있고 싶기 때문이지? 아나는 그걸로 충분하겠지. 나를 그 수렁에서 끌어낼 좋은 기회였고, 그렇게 하지 않으면 난 붙잡혔겠지만, 붙잡히면 아나는 나하고 같이 있을 수 없으니까 도망쳤지. 더구나 난 이제 살인범이니까 말이야. 아나는 언제까지고 여기에서 의사 가족의 일원이 되어 지내고 싶은 거지? 낙원이로군. 그렇게 해서 내 껍질만 어루만지고 있으면 되는 거지. 나의 다른 부분 같은 건 잘라버리고 싶은 거야."
아나는 "바보 자식" 하고 외치며 히요의 배를 힘껏 찼다. 히요는 쓰러져서 침대에서 굴러 떨어졌지만 오뚝이처럼 곧바로 아나의 발을 붙잡고 일어났다.
"나를 찼지? 난 여러 명 있으니까 아무리 차여도 아프지 않아. 차봐, 어서 차봐. 어차피 내 속까지 닿지는 못해."

아나는 "불감증 환자" 하고 내뱉더니 일어나서 히요를 내려다보며 "자기야말로 내 속까지 전혀 닿지 못하잖아. 물건 크기도 알량한 주제에" 하고 말을 마치자마자 히요에게 침을 뱉었다. 히요는 목표를 정하고 일어나서 아나의 턱에 박치기를 했다. 침대로 쓰러지며, 너 한번 하자는 거야 하고 소리치는 아나의 양팔을 누르고 히요는 눈을 쳐다봤다. 아나는 "뭐야, 그 눈은?" 하고 말했다.

"불만 있어? 계속 같이 있고 싶어하는 게 뭐가 문제야? 히요를 필요로 하는 게 뭐가 나쁘다는 거야? 나만을 위한 거라고 생각해? 눈곱만큼도 모르는군!" 아나는 말을 일단 끊고 이를 득득 갈며, 발을 버둥거려서 바닥을 쿵쿵 울리게 했다.

"처음부터 난 오늘 돌아가려고 생각했었어. 돌아가서 일하지 않으면 우린 둘 다 어쩔 도리가 없게 되잖아. 그러니까 그때까지라도 순수하게 즐긴다 해서 뭐가 어떻다는 거야? 한동안 만나지 못하는데."

히요는 잠자코 아나를 바라보고 있다. 아나가 뱉은 침이 이마에서 안면의 옆을 따라서 흐른다.

"히요는 누구든 살짝만 꼬시면 금방 그 사람에게 넘어

가버리잖아. 혼자서 일하러 돌아가는 내 처지를 생각해 봐. 그런데도 우리를 위해서는 그렇게 해야만 한다는 걸 자긴 모르겠어?" 아나는 코를 훌쩍이며 침을 삼킨다.

"히요는 함께 있다는 것이 어떤 의미를 가지는 건지 전혀 모르는 것 같아. 나는 히요하고 같이 있어도 이따금 쓸쓸해져. 자기 혼자서 제멋대로 우울해져서 나 같은 건 없어도 상관없는 것처럼 느껴져. 자기는 그렇게 계속 혼자 있고 싶은 거지?"

히요는 "나는 혼자?" 하고 쉰 목소리로 말했다. "나는 한 명의 나?"

"반 명인 셈이지. 그렇다고 해서 더 이상 그 반절이 나라는 이야기를 하지는 않겠어. 서로 한 명이니까 떨어져 있어도 함께 있을 수 있는 거잖아. 알겠어? 이 논리? 자기에게는 너무 어려운가 보지? 미간을 찌푸리고 있는 걸 보니." 아나는 히요의 미간을 손톱으로 튕겼다.

"이제부터 헤어져서 지내야 하는 처지인데도 나는 아무 도움도 안 되는 것 같아. 이런 버림받은 듯한 느낌, 억울해. 히요에게는 이미 무의미한 과거의 여자가 되어가고 있는 거야. 불감증 환자!"

아나는 내려다보는 히요에게 또다시 침을 뱉었지만 히요에게는 미치지 못하고 자신의 뺨에 묻었다. 히요는 서글픈 마음이 들었음에도 "바보"라고 놀리고 말아, 자신에게 화가 났고, 또한 그걸 감추려고 애쓴 나머지 "불감증 환자는 누군데?" 하고 외치며 아나의 뺨을 때렸다.

"때렸어? 날 때리다니. 난 불감증이 아니라서 아픔을 느끼지. 무척 아프군. 자긴 끝이야. 가와사키에 돌아가서 보복이나 당해서 죽어버려."

"아하, 이제야 알았군. 난 살해당하고 싶어. 그렇게 하면 한 명의 제대로 된 히요로서 죽을 수 있을 테니까. 네가 날 죽일래?" 히요는 아나를 놓아주었다.

"바보가 영웅 행세하고 있네. 자기만 괴롭다고 착각하지 마" 하고 이미 울음을 그친 아나는 히요에게 내뱉더니 방을 나갔다.

☾

히요는 우리 속의 맹수처럼 밝은 방을 걸어다녔다. 아무 생각도 하지 않으려고 평소에는 사용하지 않는 스페인어로 "Estoy caminando muy rápido(나는 엄청난 속도로 걷고 있다)"와 같은 식으로 실황 중계를 해보았지만 입과는 별도로 머릿속에서는 "아나가 필요해, 구멍*이 필요해, 아나가 필요, 아나가 히요, 구멍이 히요" 하는 식으로 지리멸렬한 단어들이 맴돌아, 혼란은 더욱 가중될 뿐이다. 무엇에 대해 화가 나고 뭐가 슬픈 건지 잘 알 수가 없어 히요는 어제의 식기를 씻으러 부엌으로 내려갔다.

아래층은 에어컨이 꺼져 있고 인기척이 없었다. 아나는 밖에 나갔는지 현관에 신발이 없다. 나가고 싶으면 나가라고 해, 하고 히요는 마음속으로 중얼거렸지만, 방금 전의 싸움 자체가 거짓말처럼 생각되고 자신의 말이 입발림처럼 느껴졌다.

설거지를 하는 사이에 조금 기분이 가라앉은 히요는 '안소니'를 손에 쥐고 소파에 앉아 심호흡을 하고 나서 울분을 풀 생각으로 힘껏 불어보았다. 그러자 뜻밖에도 집 기둥뿌리를 흔드는 듯한 깊고 큰 소리가 나서 깜짝 놀랐다. 유리가 덜컹덜컹 흔들려서 깨질 것만 같았다. 숨을

---

* p. 58 참조.

가다듬고 다시 한 번 불어본다. 이번에는 쉬 하고 공기가 새어나갈 뿐 전혀 소리가 나지 않는다. 몇 번 시도해봐도 조금 전처럼 제 소리가 날 낌새는 보이지 않는다.

"줘봐" 하고 귓전에 느닷없이 가느다란 아이의 목소리가 들려 돌아보니 미쓰오(密生)의 얼굴이 코앞에 있다. 미쓰오(密生)는 히요의 손에서 소라를 뺏더니 구멍의 입구 부분을 손으로 누르듯이 하고 작지만 아름다운 음색으로 「켄세라」의 선율을 연주했다. 히요는 미소를 지으며, "이런 곡 좋아하니?" 하고 묻는다. 미쓰오(密生)는 소라를 불면서 고개를 끄덕였다.

곡이 끝나자 히요는 박수를 쳤다.

"아주 잘하는군. 마루 씨한테 배웠니? 마루 씨도 판초스의 곡을 불었잖아."

"그 반대."

"반대? 아, 그럼 미쓰오(密生)가 마루 씨에게 가르쳤다는 거야?"

미쓰오(密生)는 히요의 눈을 보며 고개를 끄덕였고, 히요는 그래? 하고 놀랐다.

"그럼, 안소니라는 게 정말이니? 정말로 가이아나에

가서 주워온 거니?"

미쓰오(密生)는 잠자코 있었다.

"미쓰오(密生), 있잖아" 하고 히요는 미쓰오(密生)의 뺨에 얼굴을 갖다 대고 중요한 비밀을 알고 있는 듯한 말투로 속삭인다. "저 비밀 기지에서 독 같은 걸 만들고 있는 거지? 비둘기 죽인 건 실험 삼아 한 거지?"

미쓰오(密生)는 빙긋이 웃으며 설마 하고 중얼거렸다. 달콤한 이슬이 떨어지는 듯한 이 세상의 것이라고는 생각할 수 없는 미소였다. 히요는 커다란 꽃봉오리가 벌어지듯이 웃었다던 어린 시절의 아빠를 떠올렸다. 그 이야기는 몇 번이고 엄마의 입을 통해서 스페인어로 들었다. 아빠는 얼굴에 태양처럼 빛나는 미소를 지어, 그 미소 짓는 얼굴과 마주하는 사람은 자신이 그를 비추는 빛인 것처럼 느꼈다고 한다. 너도 어릴 때의 아빠를 빼박았어 하고 엄마는 아빠의 어릴 적 모습을 모를 텐데도 히요에게 말하곤 했다.

"그렇지, 독약으로 죽인 비둘기를 먹으면 죽게 되지. 이번에 나도 먹게 해주겠니? 하지만 말이야, 사실은 비둘기보다 꿩이 더 맛있단다."

미쓰오(密生)는 그 말에는 대답하지 않고 "MD 줘요" 하고 말했다. 히요는 다시 한 번 웃는 얼굴을 보고 싶어서 "잠깐 출래?" 하고 말해보았다. 미쓰오(密生)는 무표정한 채로 "한 장이면 돼요. 살사. 기념이니까" 하고 말했다.

기념? 조립식 오두막에서 MD를 틀어놓고 가상의 히요를 상대로 혼자서 어색하게 살사를 추는 미쓰오(密生)의 모습이 히요의 머리에 떠오른다. 히요는 미쓰오(密生)가 사랑스럽고 그리고 가엾게 여겨졌다. 이 아이는 내가 당장이라도 떠나버릴 거라고 체념하고 있는 것이다. 그러니까 MD에 히요의 기억까지 저장해서 마치 히요 자신이라도 되는 듯이 소중하게 간직하려는 것이다. 히요는 또다시 분열하여 미쓰오(密生) 속에서 독자적으로 피어난다. 그런 슬프고 무시무시한 것은 사절한다. 미쓰오(密生)를 더 이상 혼자 놔두어서는 안 된다.

그렇게 생각한 순간 히요는 미쓰오(密生)를 데리고 이번에야말로 아무도 모르는 곳으로 사라져버리고 싶다는 생각이 문득 들었다. 미쓰오(密生)하고라면 가능하지 않을까? 지금이라면 아무도 눈치 채지 못한다. 마루코시의 차도 있다. 히요는 일어나서 "잠깐 여기서 기다리고 있어" 하고 미쓰오(密生)의 머리에 손을 얹더니 마루코시의 방으로 뛰어 들어가 자동차의 키를 찾으려고 책상 서랍과 책장의 작은 서랍을 뒤졌다.

눈에 띄지 않아서 방을 나가려는 순간 도코와 마주쳤다. 도코는 어머 미안해요 하고 말하면서 재빨리 히요의 손을 붙잡고 다시 한 번 마루코시의 방으로 끌어들이더니, 손을 뒤로 돌려 문을 닫았다. 히요는 빨려들듯이 도코를 바라보았다. 가슴이 깊이 파인 검은 원피스에 얇은 파란 레이스가 달린 카디건을 걸치고, 왼손에는 악어 핸드백을 들고 있다. 달콤새콤한 향수 냄새가 은은하게 풍긴다. 히요는 까닭도 없이 울고 싶은 기분이 되었다. 미쓰오(密生)가 기다리고 있으니까 당장 이 방을 나가야 한다고 생각하는데도 도코에게 눈길이 가게 된다. 게다가 몸속 깊은 곳에서는 폭주족 한 놈을 죽인 자신과 연결되어야만 한다는, 그리고 돌아가야만 한다는 기분이 흐릿한 언어의 그림자와 같은 형태로 뒤얽혀 있다. 도코는 재빨리 히요의 미간을 만지며 "이 주름, 마음에 들어" 하고 놀리며, 핸드백에서 자동차 키를 꺼내더니 하얗고 가느다란 검지에 걸고 히요의 눈앞에서 흔들어댔다.

"이거, 갖고 싶지?"

"뭐죠?"

"찾고 있었잖아."

"무슨 말씀을. 그냥 값나가는 물건이 없을까 해서."

"차는 값나가는 물건이 아니야."

"듣고 보니 그렇군요."

도코는 히요의 손을 들어올려 키를 가진 손가락으로 만진다. 히요는 저항하지 않는다. 향수 냄새에 뒤섞여 아주 약하게 도코의 옷 속에서는 비누 향이 났다. 옷감 속에 감춰져 있는 하얀 가슴 부근의 살은 얇은 조개껍데기의 안쪽과도 같았다. 머리에 촉촉한 물기가 남아 있어 방금 샤워했다는 걸 알 수가 있다.

"드라이브할까?"

"도코 씨, 운전할 줄 압니까?"

"여긴 연습 장소로는 최고잖아?"

"어딜 드라이브하죠?"

"어디든지. 나리타(成田) 공항이랄지."

"도코 씨한테 맡기기가 무섭군요. 어디로 데려갈지 모

르겠으니."

"히요가 운전해도 괜찮아. 사고로 죽는다 해도 함께 있어줄 테니까."

"그게 조건입니까?"

조건? 하고 도코는 웃었다. "그럼 그렇게 할까? 조건은 내 저금과 나를 훔쳐서 도망칠 것."

"그렇습니까? 하지만 난 도망칠 생각이 없으니까 어디론가 모셔다 드릴까요?"

"도망칠 생각이 없다? 하긴 그렇지, 어차피 아무 데도 도망칠 곳이 없어서 여기 왔던 거니까. 나와 마찬가지로."

"여긴 피신용 사찰인가 보죠?"

도코는 보기 드물게 호호 하고 소리를 내어 웃었다. "마루코시가 기뻐할 거야, 그런 비유를 들으면."

"기뻐하던가요? 어제 도코 씨가 이 방에서 자서." 히요는 문 옆에 있는 침대를 쳐다봤다. 베개가 두 개 나란히 흐트러진 채 놓여 있다.

"신경 쓰여?"

"마루 씨, 만족스런 기분으로 출근했겠군요. 그런 기분, 처음이었겠죠? 냉혹하고 비정하군요, 도코 씨는."

도코는 흥! 하고 콧방귀를 뀌더니 "히요는 마루코시에 대해 아직 잘 모르고 있어" 하고 말했다. 히요는 도코의 손을 끌고 안쪽에 책상이 있는 곳까지 가더니 허리를 책상에 기댄 채로 도코를 옆에 나란히 서게 했다.

　"그건 그렇겠죠. 도코 씨와 마루 씨 사이의 관계는 그 누구도 이해 못 할걸요."

　"유감이야. 당신들이라면 이해할 수 있을 거라고 생각했어. 옛날의 나와 비슷해서."

　"만일 지금 아나가 있었다면, 연장자라는 걸 과시하고 싶은 거예요? 하고 항의했을 겁니다."

　"하지만, 할 수 없을걸. 아나, 사라져버렸으니까." 도코는 장난기 섞인 미소를 지었다. 히요는 웃지 않는다.

　"아나의 그런 점도 젊었을 때의 나를 보는 것 같아 안쓰러운 마음이 들어. 나도 사라져버린 적이 있거든. 그러니까 아나에게 그러지 말라고 이야기하고 싶었지만, 어쩔 수 없지. 사람에게는 각자의 흐름이 있는 거니까 스스로 배울 수밖에 없는 거야."

　"아나가 나가는 걸 잠자코 보고 있었단 말입니까?"

　"그걸 알았을 때는 이미 콩알 크기로 보일 정도로 멀어진 상태이기도 했고. 히요는 아나가 정말로 나간 게 아니라고 가볍게 생각하고 있을지 모르지만 나는 알지. 어쩔 수 없는 거야."

도코는 그것 보라는 듯한 눈으로 히요를 쳐다봤다. 히요는 어제 춤출 때의 도코의 눈을 떠올렸다. 미쓰오(密生)와 똑같은 눈. 그 눈은 히요를 보고 있지 않았다.

히요는, 도코 씨에게는 남이 보지 못하는 것이 보이나 보죠? 예언자로군요 하고 말했다. 도코는, 그저 연장자라는 걸 과시하고 있을 뿐이야 하며 웃으면서, 가와사키 사건에 어떤 변화가 생겼다면서? 하고 말하며 히요의 얼굴을 들여다보았다. 히요가 고개를 가로저으면서도 살짝 숙이고야 말았기 때문에, 도코는 이제야 알겠다는 표정으로, 그게 싸움의 원인이군 하고 말했다. 히요는 엿들은 거죠? 하며 눈을 내리뜬 채로 힐난했다.

말했잖아, 나는 당신들의 일이라면 뭐든지 알고 있어. 도코는 히요에게 얼굴을 갖다 대듯이 하고 소리를 죽여 속삭였기 때문에 입김이 히요에게 와 닿았다. 그 입김에서는 들국화 냄새가 났다. 히요는 아나가 밀착해오는 거라는 착각이 들어 몸을 뺐다. 도코는 웃으면서, 거짓말이야, 거짓말, 정오 뉴스에서 본 거야 하고 말한다.

그것도 거짓말이군요, 왜냐하면 그 뉴스는 그 지역 방송에만 나왔다던데요.

아마 다른 채널일 거야. 그보다도 가와사키까지 드라이브해, 우리.

드라이브하고 돌아오는 건가요?

히요에게 달렸지.

도코 씨는 어떻게 할 겁니까?

히요하고 죽을 때까지 함께 있을 거라고 했잖아?

그래요? 그럼, 지금 당장 죽을까요?

좋은 생각이야. 하지만, 이곳에서는 죽을 수 없어, 유감이지만.

소생하는 약이라도 준비되어 있는 건가요?

틀렸어. 여기는 망령의 소굴이라서 말이야, 여기에 있는 사람은 모두 망령이라서 죽고 싶어도 죽을 수가 없는 거야.

그래요? 그럼 나도 이미 망령이라는 건가요?

그래, 자각하지 못하는 망령. 엄청 많지.

하지만, 찌르면 피가 나오는걸요. 심장 뛰고 있는 것도 만질 수 있고.

그럼 히요, 페루에서 살 때는 어땠어?

……무슨 뜻인지 모르겠군요.

아직 페루에 살고 있는 히요가 있는 거야. 사건이 있기 전에 가와사키에 살고 있는 히요도 있어. 그런 여러 명의 히요가 보기에는 지금의 히요는 죽은 사람. 죽은 사람인데도 아직 떠돌고 있는 살아 있는 원령(怨靈)이지.

……도코 씨는 어떤가요?

나에 대해서 알고 싶어? 하지만 난 아무래도 상관없어. 자각하고 있는 망령이기도 하고. 히요는 페루에서 육체 구석구석까지 자신의 것이라는 생각이 들었어?

이미 잊었어요.

거짓말은 들통 나게 마련이야. 생생한 꿈처럼 페루에서 있었던 일들 기억하고 있지? 가르쳐줘. 나는 히요에게 좀더 가까이 다가가고 싶어. 이야기해줘. 할아버지나 다른 누구한테서 이야기를 들은 적 없어? 그때처럼 들려줘.

……

스페인어가 편하면 편한 대로 해. 나에게는 노래처럼 들릴 테니까. 학교에서는 어떤 노래를 불렀지?

이야기하고 싶은데 가슴이 답답해요.

좀 더 가까이 가도 돼? 등을 쓰다듬어줄게. 가슴도 쓰다듬어줄까? 편안해지면 이야기해줘.

아아……

자, 이제 숨을 쉴 수 있게 됐지? 이야기해줘.

음. ……할아버지는 기타로라는 이름으로 북에서 온 기타*로 불렸어요. 북반구에 있는 일본의 북쪽 지방 니가타(新潟)에서 열아홉 살 때 이민 왔기 때문이죠. 그 이야기를 할아버지는 일본어로 이야기해주었습니다. 아! 만지는 거 멈추지 말아요…… 이야기 속의 일본도 페루도 꿈같은 가공의 나라였다. 나는 본 적이 없는 페루인 할머니도 에메랄드색 눈동자와 금색 피부의 전설적인 미녀였다. 엄마는 브라질 이민 3세였기 때문에 브라질 이야기를 스페인어로 해주었다. 모두가 춤추듯이 걷고 노래하듯이 이야기하는 나라였다고 했다. 엄마가 말하는 아빠도 거짓말처럼 느껴지는 미남이었다. 태양이나 해바라기 같은 미소를 띤 얼굴로 온 마을 여자들을 녹여냈다고 했다.

---

* 기타는 일본어로 북쪽이라는 뜻이다.

엄마는, 넌 아빠를 빼박았다고 자랑스럽다는 듯이 말하는 것이 습관이 되었다. 친구네 집에 가도 그런 이야기만 들었다. 그래서 다섯 살 연상인 스사나와 사랑에 빠졌을 때도 그건 당연한 일이라는 생각이 들었다. 내 몸은 그 자리에서 바로 뜨거워졌고, 스사니타와 몸이 서로 녹아서 하나가 되었다. 모두들 이야기하는 세계가 나에게도 열렸다고 생각했다. 하지만 나와 스사나는 분리되었다. 엄마는, 넌 아빠하고 똑같다며 울었다. 나는 영문도 모르는 채 스사나와 도망칠 계획을 세웠지만 실패했다. 약속 장소에 스사나는 나타나지 않고 그녀의 엄마가 온 것이다. 스사나의 엄마는, 남편이 행방불명인 데다가 딸한테마저 버림받으면 난 살아갈 수가 없어, 스사나는 울며 후회하고 있어, 하고 나에게 말했다. 그러나 스사나의 아빠는 언제까지고 돌아오지 않았고, 스사나는 그녀의 아빠처럼 데모하러 나간 채 돌아오지 않는 형을 찾는 활동을 하던 남자하고 결혼했다. 지금 이렇게 돌이켜보니, 페루는 뒤죽박죽인 세상이었다. 천국과 지옥이 뒤섞여 있었다. 대부분의 사람들에게는 그랬다. 갑자기 난 천국인지 지옥인지 알 수 없는 세계로 옮겨졌다. 경제 위기와 아빠의 바람기 때문에 우리집 식구들은 돈벌이를 하러 일본으로 향했다. 내가 열한 살 때다. 난 일단 죽었다가 다시 태어났다. 얼마 후 아빠와 엄마는 이혼을 해서 엄마는 여동생을 데리고 리마로 돌아갔지만, 난 아빠하고 일본에 남았다. 난 이제 돌아가지 않겠다고 마음먹고 있었다. 내가 고등학교에 들어갈 즈음에는 아빠도 페루로 돌아갔고, 나는 혼자 살아가며 여자애들과 연애만 하고 지냈다. 애인들을 많이 사귀는 사이에 자신이 정말로 일본인이라는 생각이 들게 되었다. 페루에 있던 자신은 즐거운 공상담 속의 등장인물이었다는 생각이 들었다. 외국인으로 보는 경우는 많았지만, 외모는 화상을 입은 것과 마찬가지로 다르기 때문에 신기해하는 것일 뿐으로, 다른 사람들과 똑같이 일본어로 일본의 일상 회화를 하고 있는 자신은 페루에서 사는 꿈을 꾼 적이 있는 일본 태생의, 그리고 일본에서 자란 인간이라고 생각할 수가 있었다. 그러나 그 꿈한테 나는 보복을 당했다. 실제로 리마에서 살았었는데 그걸 꿈이라고 했기 때문에 복수를 당한 것이다. 자신이 여러 명으로 분열되어 수습이 불가능한 경우가 이따금 있었음에도 그걸 방치해왔던 대가를 지금 치르는 것이다.

　이제 됐어. 히요는 이야기했어. 그러니까 꿈이 아니야.

　도코 씨는 이해할 수 있어요, 내 기분을? 나도 내 기분을 이해할 수 없거든요.

　이해해, 둘 다 똑같이 송장이니까. 이야기할 때만 살아 있는 자신으로 돌아올 수 있는 거야. 그러니까 그건 현실의 일이지.

　하지만 옛날 일을 이야기하면 거짓말을 하고 있는 듯한 기분이 들어요. 자신이 아닌 다른 사람에 대해서 이야기하고 있는 듯한 기분이 들지요.

　바로 그게 살아 있는 자신이야. 이야기 속에서만 살아서 있을 수 있는 자신이 있는 거지. 살아 있는 자신이란 언제나 서먹서먹하기 짝이 없는 법. 친숙해지기 위해서는 지금 머물고 있는 메마른 꿈에서 깨어나서 멀리 있는 자신에게 가까이 다가갈 수 있도록 이야기를 하는 게 중요해.

　난 계속 망령이었던 걸까?

　그럼, 틀림없이, 페루에서 일본으로 온 이후 줄곧.

　일본에 온 이후로 언제나 자신이 아닌 척해왔던 건 사실이다. 자신을 송두리째 망각해버리고는 날조해왔다.

고등학교 때 여자 친구로부터, 자기는 언젠가 고국으로 돌아갈 테니까 사귀는 건 지금뿐이야 하고 말하기에 나는 그녀가 보는 앞에서 페루 여권을 태워버렸다. 그녀는 재발행할 수 있는 걸 아무리 태워봤자 뭐 해 하며 냉담한 반응을 보였다. 아이를 만들면 믿어줄지도 모른다는 생각에 콘돔 끼지 않고 하려 들다가 그녀한테 차였다. 나는 이사를 했고 그녀 같은 건 처음부터 없었다는 듯이 지냈다. 스스로 상처받지 않도록 가능한 한 많은 애인을 만들었다. 동시에 여섯 명과 사귄 적도 있었다. 상대에 따라 나는 각각 달리 꾸며낸 성장 과정을 들려줬고 상대에 맞춰 각기 다른 인격을 보여줬다. 그러자 스스로도 어느 게 진정한 자신인지 알 수 없어져서 안심이 됐다. 성장 과정에 대해 적당히 이야기한 다음에, 그러니까 네가 필요한 거라고 덧붙이면 아무도 더 이상 내가 페루로 돌아갈 거라는 식의 말은 하지 않았다. 하지만, 아나는 달랐다. 아나는 옛날 일을 물으려고도 하지 않았으며 내가 이야기하려 해도 들으려고도 하지 않았다. 나는 당황했다. 당황해서 아나의 과거를 말하게 하려고 했지만, 지금 히요하고 있는 나하고는 상관이 없는 일이라며 말하려 하지 않았다. 그 대신에 지금 생각하고 있는 것 느끼고 있는 것에 대해서는 속이는 걸 용납하지 않았다. 마침내 나는 처음으로 그 누구도 아닌 사람으로서, 누군가하고 마주하고 있는 듯한 느낌이 들게 되었다. 이야기하지 않음으로 해서 내 과거가 그대로 살아서 보존되어 있는 것 같았다. 껍질만이 아니라 살과 피와 뼈도 송두리째 아나에게 받아들여지고 있다는 생각이 들었다.

알아, 잘 알아. 내가 그 사람과 만났을 때 기분과 똑같은걸.

그 이야기 들려줘요. 도코 씨를 알고 싶어. 도코 씬, 정말로 망령인가요? 만져도 돼요?

응…… 아아!

이렇게 부드럽고 따뜻한데 살아 있지 않다니?

히요하고 같이 있으니까 내 살이 되살아난 거야. 난 태어나면서부터 혼이 나간 상태였어. 부모는 나를 위해서라며 형식적으로 부부 관계를 유지했지. '나를 위해서'라는 말은 가식이었어. 나도 '부모를 위해서'라는 가식적인 말을 믿는 척했지. 무방비 상태의 나는 다른 누구에게 의지하면 살 수 있었을까? 하지만 단 한순간 혼에 불이 붙는 때가 있었지. 부모 사이에 험악한 분위기가 감돌면 난 같은 아파트에 사는 친구 집으로 피난했어. 대충 사정을 짐작하고 있던 그 친구의 엄마는 날 재워주었지. 난 다른 사람이 된 것처럼 마음이 들떴지. 친구와 같은 침대에 들어가면서 몰래 냉장고에서 꺼내온 딸기나 요구르트, 마들렌느를 둘이서 나누어 먹는 고아 자매 놀이를 하기도 하고, 어둠 속에서 성냥을 켜서 꺼질 때까지 자기가 지어낸 이야기를 서로 들려주는 성냥팔이 소녀 놀이를 하기도 하고, 겨울 같은 때는 잠옷을 벗고 직접 살을 서로 문질러서 따뜻하게 하기도 했지. 다음날 함께 학교에 갔다가 돌아올 때, 난 또다시 죽었어. 나 같은 건 어떻게 되든 상관없다고 생각해, 중학교와 고등학교 때 될 대로 되라는 식으로 불량한 짓을 했지. 하지만 열여덟 살 때 그 사람과 만나 난 처음으로 나 자신을 위해서 살고 있는 듯한 느낌이 들었어. 그는 거리에서 엉터리 초상화를 그리고 있었어. 나를 낚시용 접이의자 같은 것에 앉히고, 얼굴인지 뭔지도 알 수가 없는 물체를 그리면서 그는, 넌 불행한 귓불을 하고 있구나, 우리집으로 와, 하고 말하고 나를 데려갔어. 너는 나한테 납치당한 거니까 우리는 범인과 인질의 관계이며, 밖은 매우 위험해서 잘못하면 둘 다 파멸할지도 모른다고 말해 물건 사러 가는 것도 스릴 만점이었지. 그 사람은 빈 껍데기와도 같은 나를 받아들였고, 내 몸에는 그 사람이 주입한 피가 흐르기 시작했어. 나는 높이 뛰자고 외쳤어, 당신들처럼. 미국에서 나와 그 사람은 합한 다음에 둘로 나누어서 생긴 사람들처럼 항상 함께였지, 저 아이가 태어나기 전까지는.

미쓰오(密生) 말인가요?

그 이름은 말하지 마. ……왜, 나와 그 사람 사이에 다른 사람이 끼어들게 된 걸까? 그건 나와 그 사람이 그렇게 만들었고, 나와 그 사람의 기분에 의해 야기된 일이었지만 태어나보니 그건 나도 아니고 그 사람도 아닌 다른 사람. 나는 어떻게 해야 좋을지 몰랐어. 그 사람하고만 있고 싶은 자신과, 셋이서 살아가고 싶은 자신으로 분열되어 나는 망가졌지. 눈앞의 위선적인 광경을 없애기 위해서 불을 질렀어. 그 사람은 저 아이를 데리고 자기 부모의 집으로 돌아갔지만 갑자기 증발했어. 가식투성이의 어머니 곁에서 사후(死後)의 삶을 보내고 있던 나는 그 사람이 사라졌다는 소식을 한참 후에야 듣고 또다시 집을 뛰쳐나왔어. 가정법원에 소송을 내 저 아이를 그 사람의 부모로부터 뺏어왔지만, 그 사람은 없고 나는 유령과 같은 상태. 하지만 말이야, 난 알고 있어, 그 사람은 미국으로 돌아간 게 틀림없다는 것을. 그러니까 그 사람과 함께 있던 나는 아직도 계속 살아 있는 거야. 나는 누구든지 두 사람을 죽이게 놔두지는 않을 거야. 우리는 지금도 모텔 창으로 들어오는 달빛을 받으며 사랑을 나누고 있어. 텍사스는 비가 오지 않으니까 붉은 흙은 언제나 말라 있는 상태지. 여기하고 똑같아. 이 붉은 사막과 달빛을 가득 채운 억새 들판의 고원에서 히요와 지내는 시간과 똑같아. 히요는 그 사람과 오버랩 되고 나는 아나와 오버랩 되려 하고 있는 건지도 모르겠어.

이 냄새, 아나의 냄새.

그렇지? 히요에게서 느껴지는 온기도 그 사람의 뜨거운 살과 똑같아, 바로 여기야. 그 사람은 언제나 이렇게 여기부터 만져주기 시작했지. 대낮인데도 일단 시작했다 하면 엉성하게 지어진 모텔 방은 무너질 듯이 삐걱거렸어. 이 집도 흔들리면 삐걱거리지. 자, 좀 더 땀이 밸 정도로 가까이 와……

소라고둥 소리가 났다. '안소니'라고 히요는 생각했다. 불고 있는 건 미쓰오(密生)일까? 미쓰오(密生)는 아직도 혼자 소파에 앉아서 '안소니'를 불며 히요를 기다리고 있는 걸까? 히요는, 미쓰오(密生) 하고 긴 숨을 내쉬었다. 도코는, 그만둬 하고 말했다.

히요는 자신이 마루코시의 방에서 혼잣말을 하고 있는 듯한 느낌이 들었다. 이 방에는 나밖에 없다고 생각했다. 나는 지금도 혼자다. 아나도 말했었다. 미쓰오(密生)도 혼자다. 나도 미쓰오(密生)도 망령이 아니다. 망령으로 만들고 있는 건 도코다. 도코에게 살해당해 살아 있는 원령으로 만들어지고 있는 것이다. 자신의 신상에 대해서 이야기하면 할수록 지금의 나는 사라지고, 이야기 속에 등장한 환상 속의 나만이 제멋대로 떠돌아다닌다. 거기에 히요는 없다. 바로 이 살아 있는 나에 대한 것은 일본어로도 스페인어로도, 혹은 그 밖의 어떤 말로도 치환될 리가 없다. 그렇게 해서 치환되어버린 자신을 하나씩 지워가고 싶어서, 나는 발로 찼다. 나는 나와 나를 쳐다보는 다른 놈 사이에 멍하니 서 있는, 뭐가 뭔지 알 수 없는 나를 찼다. 그러자 발은 그놈의 몸에 닿게 되었다. 나는 과거에 의해 복수를 당한 게 아니다. 단지 지금의 히요 그 자체를 아나가 하듯이 직접 만져주기를 바랐을 뿐이다.

히요는 꽉 껴안듯이 팔을 붙잡고 기대어 누군가에게 계속 이야기를 하고 있는 도코를 떼어내고 일어섰다. 도코는 이야기하던 걸 멈추고 히요를 올려다본다.

"그럼, 난 미쓰오(密生)하고 페루로 드라이브라도 하고 올까."

"당신들은 또다시 날 따돌리는군."

도코는 가냘프고 높은 목소리로 말하더니, 천천히 책상에서 몸을 떼어 히요의 정면으로 돌아서 목에 매달리듯이 끌어안고 입술을 갖다 댔다. 히요는 아무런 반응도 보이지 않고 도코의 힘이 빠지기를 기다려서 깨지는 물건을 다룰 때의 손놀림으로 몸체를 의자에 올려놓았다. 그러고 나서 느린 걸음으로 마루코시의 방을 나갔다. 살짝 뒤돌아보지만 도코는 방에서 나오지 않는다. 히요는 집의 반대편 구석에 있는 거실로 서둘러 갔다. 텔레비전에서는 사극이 방영되고 있었다. 그 옆에 있던 '안소니'는 사라졌고, 소파에 앉아 있을 거라고 생각했던 미쓰오(密生)는 긴 머리의 아나로 바뀌어 있었다.

☽

　상투머리를 한 사무라이가 어느새 스모 선수로 바뀌어 대회의 마지막 날의 마지막 경기에 임하기 직전으로, 히요는 오른쪽에 앉아 있는 아나만을 의식하고 있었다. 두 사람은 팽팽한 분위기 속에서 한 마디도 하지 않고 눈도 맞추지 않는다. 시야의 한 귀퉁이에 들어온 아나의 티셔츠에는 땀으로 젖은 부분에 벽돌색의 흙먼지가 살짝 묻어 있다. 아나의 손끝이 약간 움직이며 보도 프로그램으로 채널이 바뀌자 두 사람의 자세는 그때에야 조금 변화했다.
　CM 후에 특집 비슷한 형태로 그 뉴스는 시작되었다. 가와사키 시 가와사키 구 후지사키에 사는 회사원으로 페루 국적의 요나시로 리카르도 씨 52세가 자택에서 습격을 받아 전치 3주의 부상을 입은 사건으로 가나가와 현 경찰청 가와사키 경찰서는 오늘 정오경 가와사키 시 사이와이 구 신메이에 사는 도미니카 공화국 국적으로 무직의 구마다(熊田) 마르틴 용의자 20세를 가택 침입 및 폭행 상해의 용의로 체포했습니다.

화면에 나온 그 얼굴은 히요가 걷어찬 남자의 얼굴이었다. 피를 흘리며 부어 있지도 않았으며 입에 거품 상태의 토사물이 묻어 있지도 않았지만, 히요의 눈에 강렬하게 남아 있는 그놈의 얼굴이었다. 히요는 순간 죽었을 거라던 녀석이 살아나서 나에게 복수하려 했던 건가 하는 착각이 들어 오싹 소름이 끼쳤다. 요컨대 그 녀석은 중태도 뭐도 아니고 죽은 것은 다른 놈이었던 것이다. 저 몸으로 보복을 시도했던가 하고 생각하자 히요는 웃고 싶어졌지만 얼굴은 얼어붙어서 움직이지 않는다.

구마다 마르틴은 얼굴 생김새는 영락없는 일본인이었지만 일본계 도미니카인 3세였다. 3년 전에 일본에 돈벌이 온 부모를 따라와서 열여덟 살에 일을 시작한 것까지는 좋았는데, 일본계 페루인 사이에 섞이지 못해 따돌림 당하고 있다고 느꼈으며 해고를 당한 것도 그들의 음모라고 생각한 나머지 일본인 폭주족에 가담하게 되었다. 엘 야마토 살해 사건 이후 우리 폭주족과 일본계 페루인이 대립하고 있는 것도 놈들의 탓이며, 일전의 난투에서는 자신은 당하고 동료는 죽어 복수하자는 생각이 폭주족 내에서 들끓고 있었다. 이 사건의 배경에는 실업의 증가에 따른 일본계 외국인에 대한 차별이 심각해지고 있는 것과, 적은 수의 일자리를 둘러싼 외국인끼리의 대립 등이 깔려 있다고 할 수 있겠지요, 하고 리포터는 보도했다.

히요는 아무런 느낌도 들지 않았다. 뭔가를 느껴야만 한다고 생각하는데도 신경이 어딘가에서 끊겨 있는 것만 같았다. 또인가, 하는 생각만 들고, 바보 같은 리포터라고 혼잣말을 했다. 누가 누구에 대해 이야기하고 있는 건가? 수많은 오류들이 꼬리에 꼬리를 물듯이 이어져감으로 해서 하나의 오류로부터 또 다른 오류가 파생되고 얽히고 뒤섞이고 증식되다가, 또 다른 뿌리의 오류들이 생겨나는 걸 모르기 때문에 앞뒤가 맞지도 않는 인과 관계를 갖다 붙일 수 있는 거다. 그런 인과 관계 속에는 히요도 마르틴도 다케리토도 존재하지 않는다.

아나가 자신의 옆얼굴을 응시하고 있다는 걸 느끼고 히요는 아나의 눈에 대답하듯이 "이놈이 내가 걷어찬 놈이야" 하고 입을 움직였다. 아나는 무표정했지만 피부의 한 꺼풀 안쪽에서는 눈사태를 일으키기 직전인 것을 알 수가 있었다. 히요는 아나의 손을 잡더니 자신의 뺨 근처로 가져가서 따귀를 때리는 동작을 했다. 아나는 굳은 표정을 한 채 쳐다봤지만, 손가락으로 히요의 손가락을 잡았다. 하지만 이내 놓는다. 현관 문이 기세 좋게 닫히는 소리가 울렸다.

땀투성이의 마루코시는 "엄청 덥군" 하고 투덜거리며 장을 봐온 비닐 주머니를 들고 부엌으로 들어갔다. 거실에 얼굴을 내밀더니, "오늘은 말이야 고베(神戶) 쇠고기를 사왔어. 스테이크를 만들기로 하지. 맛있을 거야" 하며 눈썹을 치켜올리더니 그 자세로 뉴스에 주의를 집중했다. 해고당한 일본계 외국인들이 가두 인터뷰에서 사건에 대한 코멘트를 하고 있다. 마루코시가 입을 열었다.

"가와사키의 일본계 외국인 사회라면 히요가 아는 사람도 많겠군? 참으로 불행한 사건이야."

히요는 머리가 빙빙 돌아 정신이 희미해지려 했다. 눈이 뜨거워서 타버릴 것 같았다. 온몸에 힘이 넘쳐 솟구치는 파도처럼 치솟았다. 네 탓이야, 없애주마 하고 소리칠 것만 같았다.

히요가 움직이려는 순간 한 발 앞서 아나가 초조함을 감추지 못하는 날카로운 목소리로 "도코 씨가 울고 있는 것 같아요. 뭔가 그 스웨터와 관계가 있는 거 아닌가요?"

하고 소리치며, 턱으로 마루코시의 여름용 스웨터를 가리켰다. 마루코시는 "어쩌려고 그러는지" 하고 차분한 어조로 말했지만 계단을 뛰어 올라갔다.

　체내에서 타는 듯한 응어리가 파열해 히요는 자신의 살이 까발려지는 듯한 느낌이 들었다. 피 같은 것이 흘러 얼굴에 끈적거리는 느낌이 든다. 히요는 그걸 닦았다. 닦아도 또 흘러내린다. 아나를 보며 "나 어떻게 된 거지?" 하고 말했다. 아나는 "달콤한 도코의 냄새가 풀풀 나지" 하며 코를 쥐면서 얼굴을 돌렸다. 히요는 끈적거리는 것을 목 사이에서 손가락으로 떠내어 핥아보았다. 약간의 소금기가 느껴지는 맛이었다. 히요는 갑자기 웃음을 터뜨리며, "아나의 질투 오랜만이군" 하고 말했다. 아나는 촉촉한 눈을 가늘게 뜨더니 히요의 뺨을 손바닥으로 때렸다. 그런 다음에 "구마다 마르틴 같은 얼굴을 하고 있기는. 또 차버리고 싶어" 하고 말하며 히요의 이마에 박치기를 한 방 먹였다. 느닷없이 당한 히요는 순간 지금 자신이 어디에 있는 건지 알 수가 없어지면서 피투성이가 되어 부어오르고 토사물 속에 파묻힌 구마다 마르틴의 머리가 어른거렸다. 자신을 끈적거리게 하고 있는 액체도 그의 얼굴을 적시고 있는 액체와 같다는 생각이 들었다. 히요는 아나의 목덜미에 코를 갖다 대고, "아나, 가와사키 냄새가 나" 하고 말하더니 스테레오 옆에 놓여 있는 전화기를 집어 들었다.

☽

그저 오직 코의 수를 세기 위해서 나는 뜨개질을 하고 있었다. 이건 이제 아무것도 아니야, 뜨개질감에 불과해. 1000까지 세자 다시 1부터 센다. 그렇게 세면서 달이 뜨기를 기다리고 있었다. 해는 마치 단풍이 들듯이 물이 들어, 귤색에서 주황색으로, 그리고 다시 주홍색으로 바뀌더니 마침내 타는 듯한 불꽃과 같은 색깔로 헐벗은 산을 물들인다. 붉은 흙의 사막과 억새 들판, 내 털실과 발코니에 앉아 있는 나, 그 모든 것이 똑같은 불꽃과 같은 색깔로 물든다. 석양과 달빛은 이 세상의 모든 것은 똑같은 물질로 이루어져 있다는 숨겨진 본질을 겉으로 드러내주는 빛. 그런 점이 나에게 위안을 준다. 빛의 보호를 받으면서 나는 털실을 뜨고 걸고 빼고, 코 수를 센다. 그저 셀

뿐이다.

　모기떼가 약하게 떨리는 고음과 함께 공격해와서 나는 방으로 들어갔다. 불은 켜지 않고 촘촘한 코가 어둠 속에 녹아버릴 때까지 서향의 창가에서 뜨개질을 계속한다. 동쪽 하늘에는 달이 뜨는 기척이 있고 서쪽 하늘에서는 초저녁의 금성이 지려 할 즈음, 전등의 끈을 잡아당긴다. 바로 그때 마루코시가 문을 노크했다. 마루코시는 긴장한 표정으로 나를 잠자코 쳐다보고 나더니 갑자기 얼굴이 풀어지면서, 아나에게 속았군 하며 웃었다. 도코가 울고 있다고 하기에 후회하게 할 만한 짓을 한 건 아닌가 해서 초조했었어. 나는 활짝 미소를 지어 보이며, 내가 지금 울고 있는 거 모르겠어? 하고 대답했다. 마루코시는 잠시 생각에 잠기는 척하더니, 내가 아나와 히요에게 뭔가 잘못을 한 것 같군 하고 말하며 혼자서 고개를 끄덕였다. 나는 잠자코 있었다. 마루코시는, 뭐 어때, 됐어, 캐내려고 하지 않는 게 내 방식이기도 하고, 라는 식으로 뭔가 더 이야기하고 싶은 듯이 중얼거리며 나갔지만, 나는 듣고 있지 않았다. 정원에서 히요히토의 목소리가 울려왔기 때문이다. 히요히토는 생소한 말로 노래하듯이 혼자서 떠들고 있다. 그런 톤의 목소리를 내는 히요히토는 처음이었다. 아는 단어래야 '가와사키' '도카이도센' '미시마에키'와 같은 지명이거나, '세뇨르' '아미고' '파파'와 같은 유명한 외국어뿐. 나는 히요히토의 그런 변화로 모든 것이 끝났다는 걸 알 수 있었다. 히요히토가 이 집을 나갈 거라는 걸 예감했다. 이제 그 누구도 히요히토를 막을 수가 없다. 아나도 막을 수 없다. 마루코시도 막을 수 없다. 우격다짐으로라도 나갈 테니까. 내가 나갔던 때와 마찬가지지. 역시 히요히토와 아나는 나를 따라 하고야 만다. 흘러 흘러서 마침내 다다른 이 세상의 끝에서 최고의 행복을 맛본 후에는 부서져서 도망칠 수밖에 없다. 이미 도망칠 곳은 그 어디에도 없는데도 도망치고야 만다. 두 사람이 힘들어질 건 불을 보듯 뻔한데도 나로서는 아무것도 할 수가 없다.

갑자기 한기가 들어 나는 자신의 몸을 끌어안았다. 무척 차갑게 식어 있었다. 해가 지자 갑자기 싸늘해진다. 나는 의지할 데 없는 듯한 기분에 사로잡혔다. 의지할 걸 잃자 서 있을 수가 없어 침대에 쓰러졌다. 나는 떨렸고 떨면 떨수록 식은땀이 났다. 눈물도 났다. 몸의 민감한 부분도 축축해졌다. 달이 동쪽 하늘에서 뜨기 시작해 나를 비추려 하고 있다. 나는 그의 이름을 부르고 싶었는데 입에서 나온 건 히요라는 단어였다. 히요라는 단어가 젖은 매듭처럼 단단히 목에 걸려 아무리 중얼거려도 풀리지를 않는다. 히요, 히요, 히요 하고 나는 주문처럼 외운다. 그 부드러운 울림이 포근히 감싸줄 것 같은데 나는 혼자서 떨고 있다.

나는 소생에 실패했다. 그 사람은 달의 화신이 되어 매일 밤 예전의 나를 소생시켜주지만, 지금의 나는 속이 텅 빈 환영. 히요히토는 빛의 얼룩과 같은 나에게 접촉하려 했다가 그냥 지나쳐 갔다. 나에게는 아무런 느낌도 일지 않는다. 그 점이 슬프다. 뭔가를 느끼고 싶다. 상처받고 싶다. 이런 말을 하면 미쓰오는 나를 야단치겠지. 너만큼 상처받기 쉬운 사람은 없어, 난 바로 그것 때문에 호되게 당했으니까 하며.

그러니까 용서해달라고 하고 있는 거잖아.

용서고 뭐고 여태껏 마음 아파하고 있는 네가 더 불쌍하군. 항상 아프니까 마비되었을 뿐이야.

좋아, 낮 동안의 나는 당신과 함께 있을 때의 내가 꾸는 꿈이니까. 정말로 아프지도 아무렇지도 않아. 그래서 괴로워지는 거야.

도코는 너무 무방비 상태라서 말이야. 우린 또다시 같이 붙어 있으니까 좀더 서로를 지켜주기로 하자. 아! 둘이서 원을 만들자.

어떻게 하는 거야?

도코가 내 손톱 끝을 입에 물고, 내가 도코의 손톱 끝을 입에 물어 원이 되는 거야.

이렇게? 손가락 움직이지 마. 체조 '캐터필러' 같아.

즐거워?

즐거워.

안심이 돼?

안심이 돼.

누가 왔어. 미쓰오(密生)인가?

문이 열리고 또다시 마루코시가 들어와서 저녁 식사 준비가 어떻다는 등의 이야기를 해서, 당장 쫓아버리고 싶은 내가 퉁명스럽게 짤막하게 건성으로 대답을 하자, 마루코시는 서두르라고 다시 한 번 말하더니 물러갔다. 이제 나갔어, 당신도 숨지 않아도 돼 하고 나는 미쓰오

(蜜夫)에게 말을 걸었지만 미쓰오(蜜夫)는 나타나지 않는다. 방은 정적에 휩싸여 있다. 내 숨소리조차 들리지 않는다. 현기증이 나고 머리가 무거워서 감기 걸렸을지도 모른다는 생각이 들어 약을 먹으러 방을 나섰다. 기다리고 있었다는 듯이 정확한 타이밍으로 히요히토와 아나의 뒷모습이 방으로 사라지더니 문이 닫혔다. 그 풍압이 내 솜털에 다다른 순간 심장에 예리한 통증이 느껴졌다.

☽

히요의 예상대로 '안소니'는 히요의 배낭 위에 놓여 있었다. 소라고등의 안쪽에는 서툰 글씨로 '기념'이라고 매직으로 쓴 메모가 테이프로 붙여져 있다. 자세히 보니 배낭 안에서는 MD 한 장이 사라져 있었다.

히요는 미쓰오(密生)가 본격적으로 가출했다는 걸 알았다. 미쓰오(密生)는 기분 내키는 대로 생활하고 있어 이제까지도 며칠씩 돌아오지 않은 적이 있다는 것을 마루코시한테 듣기는 했다. 그동안 조립식 오두막이나 마을로 내려가는 길 도중에 파여 있는 방공호, 혹은 삼나무

숲 속에 있는 표고버섯 재배용 천막 같은 데서 잔 것 같다고 한다. 미쓰오(密生)는 그런 은신처를 몇 군데나 가지고 있어, 식료품을 저장해두었다가 예고도 없이 자취를 감추는 것이다. 억지로 자신들의 생활에 맞추게 하면 미쓰오(密生)는 갑자기 쇠약해진다는 것이었다.

하지만 이번 가출은 전혀 성격이 다르다고 히요는 생각했다. 아나도 같은 생각인 듯, "내가 아까 산책하고 돌아왔을 때 엇갈린 셈이니까 찾으려 들면 아직 찾을 수 있을지도 몰라" 하고 말했다. 히요는 마루코시에게 알려서 알고 있는 모든 은신처를 샅샅이 뒤져볼까 하는 생각도 해봤지만, 스스로 가능성에 대한 믿음이 전혀 없으면서도 시도한다는 건 부질없는 짓이라는 생각이 다시 들었다. 히요가 미쓰오(密生)라면 지금쯤은 열차 속에 있을 것이다. 미쓰오(密生)는 틀림없이 히요처럼 생각하고 행동하고 있을 것이다. 단지 한마디만 해두고 싶었다. 배반당했다고 생각하지 말아줘, 나에게는 그럴 생각은 없었어, 나는 미쓰오(密生)를 좋아해 하고, 그 점만은 알아주었으면 했다. 어쩌면 미쓰오(密生)는 그런 건 생각도 하지 않고 있을지도 모른다. 하지만 '기념'이라고 매직으로 쓴 미쓰오(密生)의 마음 속을 생각하면, 히요는 미쓰오(密生)에게마저 오류를 뿌리내리게 했다는 후회로 자폭하고 싶어진다.

히요는 소라를 타월로 싸서 배낭에 넣더니 아나를 침대로 끌어들여, "다케리토의 아버지하고 이야기했어" 하고 말했다. 아나는 "아직도 향수 냄새가 코를 찔러" 하고 말하며 히요의 귀를 아플 정도로 문질렀다. 두 사람은 느릿느릿한 발라드를 추듯이 천천히 사랑을 했다. 아나는 눈을 뜨고 히요와 히요 주위의 모든 것을 빠뜨리지 않고 응시했다. 히요는 사정을 하지 않고 행위의 중간중간에 다케리토의 아버지한테 들은 이야기를 하려고 했다. 아나는 귀를 막고 콧노래를 부르거나 했기 때문에, 히요가 "도코 씨에게 물렸을 때의 독이 퍼지고 있어서 해독을 해야 하니까 이야기할 수 있도록 해줘. 정상적인 이야기를 하지 않으면 독이 퍼져서 난 사라지게 돼" 하고 말하자, 아나는 순순히 배를 깔고 누워서 "그래서?" 하며 들을 자세를 취했다.

다케리토의 아버지한테서 전화로 들은 이야기니까 아버지로서의 바람이 포함되어 있을지도 모르지만, 다케리토는 나중에 일어날 일들을 전부 예상하고 난투를 일으켰다는 것이었다. 히요에게는 제3자의 증인이 되어주기를 바랐지만 사건에 휘말릴 가능성도 이미 예상된 바였다. 그래서 다케리토는 싸움에 나서기 전에 몇 개의 방송사에 난투가 시작된다는 걸 예고했던 것이다. 반신반의의 카메라맨과 텔레비전 보도팀이 현장에 도착했을 때는 난투는 절정에 이른 상태였다. 다케리토의 예상대로 특종 사진을 찍을 수 있었던 방송사는 보란 듯이 톱뉴스로 다루었으며 커다란 사진을 실었다. 그 결과 경찰은 움직이지 않을 수 없게 되어 양쪽 그룹의 주요 멤버를 체포했다. 그 중에 엘 야마토를 죽인 범인이 있으리라는 점을 다케리토가 노린 것이다. 경찰이 엘 야마토 살해 사건에 대해서 전혀 수사를 하려 하지 않았기 때문이다. 다케리토와 아버지가 호소를 해도, 수사 중입니다, 그보다도 당신들은 취업용 비자를 가지고 있나? 하고 오히려 심문을 당하곤 했다. 엘 야마토의 어머니는 충격이 커서 일단 페루로 돌려보냈다. 다케리토는 우선 사건을 사건으로서 성립시켜야만 한다고 생각했다. 그러기 위해서는 화제를 불러일으켜야 한다, 매스컴이다 하고 생각해 난투를 계획한 것이었다. 체포되어 보도가 되면 엘 야마토 살해 사건도 제대로 다루어질 것이다. 재판이 시작되면 누가 어떻게 엘 야마토를 죽였는지 상세하게 밝혀질 것이다. 다케리토는 아버지와 연대하여 공판 중에도 매스컴의 관심을 끄는 퍼포먼스를 계획하고 있다. 그렇게 해서 모든 것이 표면화되었을 때 다케리토는 마지막 행동을 할 거라고 선언했다는 것이다. 다케리토의 아버지는 그것이 어떤 것이든 자신은 아들을 전면적으로 신뢰하고 있다고 잘라 말했다.

히요는 다케리토가 그런 식으로 훗날의 일까지 내다볼 수 있는 건 목표를 하나로 좁혔기 때문이라는 걸 알 수가 있었다. 그 목표의 내용까지는 모르지만 히요는 위험한 냄새가 난다고 생각했다. 엘 야마토의 모습을 그리워하여 계속 살아 있는 듯이 보존하려 한 나머지, 빛나는 다케리토의 정의가 보다 큰 오류를 초래하려 하고 있다는 걸 히요는 알아차릴 수가 있었다. 아나도 다케리토에게는 화약 냄새가 배어 있는 것 같다고 감상을 말했다. 히요가, 다케리토를 막을 수 있는 건 나밖에 없다고 생각하는데 하고 말하자, 아나도 고개를 끄덕였다. 히요는 기뻐서 한없이 자유로운 포플러처럼 우뚝 서 있는 성기를 아나의 연어 살과 같은 색의 성기에 삽입했다. 산책하는 듯이 부드럽지만 강한 템포의 움직임을 반복하다가 피곤해져서 멈추고 몸을 떼었을 때, 아래층에서 "디너 시간이야" 하고 알리는 마루코시의 목소리가 크게 울렸다.

부드러운 쇠고기를 칼로 잘라서는 입으로 옮기고 레드 와인을 마시는 동작을 반복한 후 식사가 끝나갈 무렵에 아나는, 내일 가와사키로 돌아가기로 했어요 하고 말을 꺼냈다. 무척 기분이 좋았던 마루코시는, 이대로 살아도 상관없는데 하는 식으로 만류했지만, 아나가 일 때문에 가봐야 한다며 고사하자, 원래 의사 가족은 느슨한 관계니까 무리하게 강요할 수 없지 하고 스스로를 타이르며, 내일이면 내가 쉬는 날이기도 하니까 송별회를 겸해 낮에 온천에 안 가겠느냐고 제안했다. 아나는 이런 더위에 웬 온천이냐는 듯이 내키지 않아하는 표정을 지었지만, 도쿄가, 땀을 씻어낼 수 있어서 기분좋을 거야, 약간 뜨거운 편의 실외 수영장이라고 생각하면 되지, 나도 오랜만에 가고 싶다, 마루코시, 데이트 초기에는 자주 데리고 가주었는데 요즘에는 게을러졌어, 갑시다, 나도 일을 쉴 테니까, 결정했어, 하고 가타부타 말할 기회를 주지도 않고 밀어붙였다. 히요는, 결국 화요일에 출근할 수만 있으면 되잖아, 가자 가자 하며 아나를 독촉했고 아나도 아랫입술을 내밀면서 고개를 끄덕였다. 하지만 아나가 가게 되면 히요는 더욱더 시간이 남아돌게 될 텐데 하며 마루코시가 히요를 쳐다보며 말하자, 틈을 주지 않고 도쿄가, 미쓰오(密生)의 가정 교사가 되어줘요 하고 재빨리 말했다. 마루코시는, 굿 아이디어로군, 스페인어와 살사도 가르쳐줘요, 우리에게도 말이야 하고 찬성을 하자, 아나가, 이제 차를 마시기로 할까요? 하고 화제를 바꿨다. 히요는 몸이 불타는 듯한 심정으로 거실의 조명을 켰지만, 뒤따라 들어온 도쿄도 마루코시도 마지막까지 평소와 전혀 다름이 없는 어조로 근처 온천에 대해 이러쿵저러쿵 이야기하고 있었다.

☽

잡담을 마치고 히요와 아나가 차례대로 목욕을 끝마쳤을 때는 오전 2시를 지나 있었다. 히요는 이 집에 온 이후 처음으로 차분한 마음으로 침대에 들어가 곧바로 잠이 들려는 순간, 무척 친한 사람이 어깨를 두드린 듯한 느낌이 들어 깜짝 놀라 눈을 떠보았더니, 서쪽 하늘로 상당히 기운 달이 서치라이트만큼 밝은 빛을 비추고 있었다. 히요는 귀를 기울여 벌레 소리밖에 들리지 않는다는 걸 확인하자, 서서히 상반신을 일으켜, "아나, 아직 안 자?" 하고 혼잣말처럼 중얼거렸다.

"쿨쿨 자고 있는 중이야."

"돌아갈 거니까 준비해."

"이미 해놓았어." 진절머리가 난다는 듯한 목소리가 되돌아온다.

"해놓았다고?"

"히요가 목욕하고 있는 동안에 해놓았어."

"그래?"

"야반도주 같은 건 의미없어. 모두 눈치 채고 있는걸, 히요 빼놓고 모두." 아나는 일어나서 잠옷을 벗으며 말한다. "미쓰오(密生)에 대해서도 전부 알고 있으면서 히요에게 가정 교사를 하라고 하다니."

"알고 있어." 히요도 이 집에 올 때 입었던 청바지와 티셔츠를 걸친다. "바로 그렇기 때문에 이렇게 하지 않으면 이 집에서 빠져나갈 수가 없어."

아나는 더 이상 대꾸하지 않는다. 히요도 입을 꽉 다문 채로 배낭을 멘다. 아나와 마주 앉아서 달빛 속에서 서로의 얼굴을 확인하고 꽉 끌어안더니 로프로 묶듯이 손을 붙잡고 문을 연다. 경첩이 약간 삐걱거린다.

발소리를 죽이고 계단을 내려간다. 그래도 옷이 스치는 소리까지는 어쩔 도리가 없다. 히요는 어둠 속의 사방으로 신경을 곤두세운 채 전진하고 있는 듯한 느낌이 들었다. 아마도 잠들지 못하고 있는 도코는 2층의 자기 방에서 어떤 삐걱거림도 놓치지 않으려고 숨을 죽이고 있을 것이다. 이미 계단을 내려가는 두 사람의 기척을 알아차리고 귀를 쫑긋 세운 채 자기 전에 살짝 열어놓은 문틈으로 엿보고 있는지도 모른다. 마루코시도 잠들지 않았을 것이다. 정원으로 나가서 화장을 한 도코가 발코니에 나타나기를 비는 듯한 심정으로 애타게 기다리면서, 모습을 드러낸 도코가 평소처럼 달을 쳐다보는 게 아니라 억새 들판의 좁은 길을 걸어가는 히요와 아나의 형체를 눈으로 쫓는 모습을 자신도 멍하니 바라봐야만 한다고 각오하고 있을지도 모른다. 히요는 현관 문을 일부러 소리 내서 닫았다. 귀를 쫑긋 세우고 있는 사람에게는 대포 소리처럼 울렸을 것이다. 정원으로 나가자 그림자가 어둠에 뒤섞이는 기척이 느껴진다. 히요와 아나는 딱 붙어서 문이 있는 데까지 시간을 들여 걸었다. 한 발, 한 발, 자신들은 무대의 배경을 부수고 있다는 걸 자각하면서 앞으로 나아간다.

집을 쌓아올린 통나무가 이를 가는 듯한 소리를 냈다. 창문의 창틀에 박혀 있는 플라스틱 바퀴가 레일 위를 미끄러지는 소리도 난다. 그리고 발코니의 나무 바닥을 맨발이 스치는 소리. 미풍이 불어, 푸른 풀을 갈아서 으깬 듯한 아나의 체취가 히요의 코를 간질인다. 가을 벌레가 지지직 하고 전파와 유사한 잡음을 보내온다. 달빛에 전기를 공급하는 고압선의 진동음으로도 들린다. 그 전기가 끊어지지 않는 한 두 사람의 모습이 내 시야에서 사라지는 일은 없어. 몇 번이고 되풀이해서 두 사람의 그림자는 이 집으로 왔다가는 다시 나가지. 억새 그늘에서 어른거리는 당신들의 등도, 발코니의 나도, 정원에서 웅크리고 있는 마루코시도 똑같이 물 밑바닥과 같은 색으로 물들어 있는 그림자들. 똑같이 깊은 바다 속과 같은 색을 띠고 있으며 두툼한 유리처럼 약하고 날카로운 물질로 되어 있어. 그건 내 색깔과 내 공기, 내 피와 살, 내 시간이야. 나에게는 언제까지고 히요히토가 보여, 미쓰오(蜜夫)와 마찬가지로. 그러니까 당신은 여기에서 나가지 못해. 아무리 가려고 해도 아무 데도 갈 수가 없어. 내가 이렇게 이 세상에서 방황하고 있는 이상은.

히요히토가 오기 전날 밤에도 이렇게 전기가 흐르는 듯한 밤이었지. 히요히토는 나를 만져주지 않았지만 어쩔 수 없지, 나에게는 이제 실체가 없으니까. 히요히토는 그래도 내 윤곽을 확인하려고 살사를 출 때 내 몸을 어루만졌어. 나는 히요가 눈치 채는 게 두려워서 도망치고 말았지만, 가슴의 고동은 분명히 새로운 생명의 싹틈을 알리고 있었지. 나는 단 사흘 동안이지만 소생할 수가 있었던 거야. 그 사흘이 되풀이되어 6일이 되고, 12일이 되고, 24주가 되고, 48개월이 되고, 96년이 되어 나는 히요히토와 계속 함께 있는 거야.

하지만 단 한 가지 지워지지 않는 흔적이 남았어. 내 세계에 쐐기를 박듯이 미쓰오(密生)가 자취를 감췄지. 내

후회도 반성도 에고도 뿌리째 뽑히듯이 사라졌어. 이제 미쓰오(密生)의 얼굴이 잘 떠오르지 않아. 그건 그 아이의 얼굴을 내가 제대로 볼 수가 없었기 때문일까? 그렇지 않으면 처음부터 미쓰오(密生)라는 아이는 없었기 때문일까? 보이지 않는 손이 영원히 내 목을 조르고 있는 것만 같아.

그래도 내가 있기만 하면 당신은 계속 보일 거야. 히요히토라고 부르면, 그렇게 부르지 마, 히요라고 불러 하고 귀에 익은 목소리가 되돌아오지. 억새 이삭과 똑같은 백금색을 띤 달은 기울고 해는 떠서 처녀의 피를 흘리게 돼. 하지만 눈을 감으면 당신의 창백한 등은 언제까지나 느낄 수 있어. 또다시 달이 뜬 후에 눈을 뜨는 거야. 거기엔 당신이 있지.

그런 식으로 말하는 도코의 목소리가 히요에게는 들려오는 듯했다. 멀어지는 히요와 아나를 바라보며 말을 하고 있는 도코를 정원에서 올려다보며, 나는 주욱 같이 있을 거라고 계속 중얼거리는 마루코시의 혼잣말도 히요에게는 들리는 듯했다. 억새 들판을 완전히 벗어난 지점에서 히요는 아나와 함께 뒤돌아본다. 빨간 지붕 집의 2층에서는 비죽비죽 튀어나온 능선으로부터 줄 모양으로 뻗어온 황금색 아침 해를 받아 통나무의 초콜릿색이 반짝반짝 빛나고 있다. 눈처럼 새하얀 나이트 드레스가 끊임없이 바람에 나부껴 형체를 바꾸고 있는 도코도, 살의 윤곽만은 금색으로 뚜렷이 명암 처리가 되어 주위의 광경으로부터 도려내기라도 한 듯이 선명하게 드러나 있다. 발코니보다 더 낮은 부분은 억새에 가려 이제 보이지 않는다.

히요는 왼쪽 지름길로 가지 않고 올 때와 똑같은 붉은 사막 한가운데로 걷기 시작했다. 그렇게 멀리 떨어져서 콩알에서 모래알 정도의 모습으로 변해 붉은 사막에 뒤섞여버리는 과정을 상세하게 도코에게 보여주고 싶었기 때문이다. 히요와 아나는 시간을 거슬러 올라가고 있는 게 아니며, 따라서 시간의 회귀 또한 불가능하여 붉은 사막의 외딴집을 떠나고 있는 것이며, 두 번 다시 돌아오지 않는다는 걸 실감하게 하고 싶기 때문이다. 외부 세계와 단절되어 있는 도코에게 적어도 그 찢어진 상처 부분은 바깥 바람에 노출되면 무척 아프다는 걸 알려주고 싶었기 때문이다.

차츰 더워져가는 붉은 사막을 가로지르면서 히요는, 그 결과 생기게 되는 도코의 원망이, 또는 미쓰오(密生)의 원한이나 구마다 마르틴의 집념이, 혹은 예측도 할 수 없는 제3자나 그 누군가가 자신에게 보복을 할지도 모르며 자신이 먼저 낯선 사람에게 보복할지도 모르지만, 그런 오류들이라면 이미 자신은 견뎌낼 수 있다고 생각했다. 그런 오류들을 요령껏 비켜갈 수 있게 되면 폭주족 일당과의 화해도 가능해지겠지. 마침내 다케리토에게 집행유예가 딸린 판결 같은 게 내려져서 이 속세에 나왔을 때는 나에게는 이미 꺼림칙한 느낌 같은 건 남아 있지 않을 거야. 나와 다케리토는 대등한 상태가 되어 있겠지.

생각이 거기까지 미쳤을 때 히요의 등줄기에 오한이 일었다. 대등이라는 단어에 대해 말로는 표현할 수 없는 불길한 예감이 들었다. 히요는 아나를 쳐다보고, 지금 함께 가와사키로 돌아가는 것에 대해 후회가 없다는 것을 확인해보았다. 하지만 가슴의 불길한 두근거림은 사라지지 않는다. 도코 탓인가 하는 생각이 들어 뒤돌아보았지만 이미 빨간 지붕조차 보이지 않는다. 히요는 벌써 도코가 그리워졌다. 그리고 이제부터 자신이 해야 할 일을 생각하면 이 거대한 솜 속을 기어가는 듯한 불안은 당연한 거라고 생각을 바꾸고, "서두르지 않으면 해가 중천에 뜨게 돼" 하고 자신에게 타이르듯이 중얼거리고 나서 걸음을 재촉했다.

해설

'접붙임'의 미학

윤상인

  이종 교배라는 말이 유행하는 시대이다. 이종 교배의 사전적 의미는 '서로 다른 종류의 동식물을 교배시키는 일'이다. 세기 전환기의 최근 10여 년 간 일본 문학계의 큰 흐름을 이루고 있는 것은 이종 교배를 향한 진지하고도 다채로운 문학적 실험이라고 할 수 있다. 문학에서 이종 교배란 무엇을 말하는가. 문화적 순혈주의의 자폐 구조로부터 벗어나는 것. 다시 말해 자국어와 자국 문화에 밴 자족성 혹은 자기 확정성의 상속을 거부하고 낯선 타문화의 컨텍스트 속으로의 망명을 감행하는 것. 그리고 외부의 시선으로 스스로를 성찰하고 자기의 목소리에 타자의 숨결을 접목시키는 것을 말한다.

국가 간, 혹은 문화 간의 경계 허물기는 문학적 이종 교배를 위한 선행 실천 과제이다. 따라서 이종 교배의 기획은 무엇보다도 근대 국민 국가를 성립시켜온 조건들의 근간을 흔드는 탈국가적 지향이라고 볼 수 있다. 크레올 creole은 언어적 순혈주의에 도전하는 혼혈의 언어이며, 따라서 크레올적 사고는 탈근대, 탈국가를 향한 가장 강력한 문화 논리의 하나이다.

일본의 근대는 중국에서 서양이라는 절대적 타자의 교대와 함께 성립되었다고 할 수 있다. 근대 이전의 중국이나 그 이후의 서양은 일본이라는 주체를 성립시키고, 혹은 규정하는 절대적 타자 혹은 초월적 주체로서 존재했다. 반면 비서양 세계는 19세기 후반 이후 백여 년 이상에 걸쳐 일본 근대의 정당성을 추인해주는 종속적 타자로서 자리매김되어왔다. 그러나 탈근대의 이념의 확산과 함께, 그간 오리엔탈리즘적 시선의 대상에 지나지 않았던 아시아나 남미가 자기 변혁을 위한 타자로서 새롭게 인식되고 있다. 예컨대 반세기가 되도록 일본 문단에서 거의 '생략된 타자'의 위치에 놓여왔던 재일 한국인 문학이 최근 들어 각광을 받게 된 것도 이러한 시대적 조류와

결코 무관하지 않은 것이다.

일본의 사회적, 문화적 변경에 위치한 소수자들의 목소리가 일본 문단 주류의 한 부분을 이루고 있다는 사실은 지난 120여 년 간 고착되어온 '일본 문학=국민 문학'이라는 일반적 인식이 변질되기 시작했다는 것을 의미한다. 사실 '일본인에 의한, 일본인을 위한, 일본인들에 관한 문학'을 지상 명제로 삼아온 국민 문학 신화는 1980년대 신세대 작가들의 등장과 더불어 균열의 조짐을 보여 왔다. 이종 교배의 사고에 바탕을 둔 문학적 시도들이 국민 문학으로서의 일본 문학의 정체성을 위협하고 있는 것은 사실이지만, 한편으로는 일본 문학의 외연을 확대함으로써 침체 일로의 일본 문학에 새로운 활력을 불어넣고 있는 측면을 간과할 수 없다.

호시노 도모유키의 『깨어나라고 인어는 노래한다』는 이종 교배의 미학을 전면에 내세우며 일본 문학의 새로운 가능성을 모색한 소설이다. 2000년 미시마 상 심사위원회는 이 의욕적이면서 실험 정신 왕성한 작품에 제13회 미시마 상을 수여했다. 아쿠타가와 상에 버금가는 신인 문학상으로 자리 잡은 미시마 상은 실험적인 작품에 관대한 것으로 정평이 나 있다.

예상대로 역시 쉽게 읽히지 않는다. 첫 문장부터 잔뜩 움츠리게 만든다. "전기가 흐르고 있는 듯한 밤이었다. 하늘 높이 매달려 있는 달은 거대한 백열전구가 되어 붉은 흙이 드러나 보이는 고원과 억새 들판을 빙하색으로 비추고 있었다. 개구리를 대신해 울기 시작한 가을 벌레가 지지직 하고 전자파를 보내, 나를 사로잡아 마음대로 조종하려 한다." 억새풀로 뒤덮인 황량한 고원의 밤 풍경 묘사이건만, 첫 문장부터 읽는 사람을 '감전'시키고야 말겠다는 의욕 앞에 자연 주눅 들고 만다. 오늘날 일본 문학의 주류를 이루는 엔터테인먼트 소설에서는 좀처럼 보기 힘든, 그래서 요즈음 소설 독자들에게는 철 지난 유행가에 지나지 않는 시적 긴장의 산문을 고집하는 작가의 기개 또한 독자에게는 버겁지 않을 수 없다.

이 소설 속에 펼쳐지는 것 중 독자들에게 친숙한 것은 그다지 찾아볼 수 없다. 소설 제목치고는 좀 유별스러운, 마치 18세기 낭만주의 계열의 시구를 연상시키는 제목부터가 그렇다. 근미래 소설에라도 등장할 것 같은 현실과 비현실의 경계가 모호한 소설 공간이 그러하고, 등장인물들의 어딘지 생경한 대사 역시 마찬가지이다. 예사로운 일본어라도 이 소설의 문체 속에 자리 잡게 되면 꼿꼿이 긴장한다. 다소 완력에 의존하는 느낌이 들기도 하지만, 이 소설의 모든 표현 장치는 독자들을 이질적인 세계, 생경한 감각과 대면시키기 위해 동원된 것들이다.

독자가 긴장하지 않을 수 없는 이유는 이뿐만이 아니다. 작품 곳곳에 매복해 있는 작가의 실험 의식은 읽는 사람으로 하여금 멈칫거리게 하고 때로는 혼란스럽게 만든다. 1인칭과 3인칭을 뒤섞으며 이야기를 전개해가는 방법은 그 대표적인 예이다. 심지어 한 문단 속에서 어느 사이에 시점 인물의 인칭이 뒤바뀌는 경우조차 드물지 않다. 시점 인물의 교체에 따라 이야기의 공간은 일본에서 텍사스로, 그리고 남미 페루로 건너뛰는가 하면, 시간 역시 현재 시제와 과거 시제가 수시로 뒤엉킨다.

1990년대 거품 경제 붕괴로 택지 조성 사업이 중단된 뒤 황량한 갈대밭으로 변해버린, 마치 텍사스 사막을 연상시키는 버려진 공간에 외따로 서 있는 도서관 직원 마루코시의 집이 이 소설의 주 무대이다. 본래는 대도시

교외의 한적한 농촌이었던 곳에 조성된 택지이지만, 경기 침체로 인해 도시화를 면한 그곳은 도시도 농촌도 아닌 어정쩡한 이종 교배적 공간이자 현실 사회로부터 유리된 외부 공간이다. 여기에 등장하는 인물들 역시 세상과 원만한 화해에 이르지 못하고 권태로운 일상으로부터 일탈을 꿈꾸는 사람들이다.

증발한 남편 미쓰오에 대한 환상에 집착하면서도, 인터넷 동호회에서 만난 독신 남성 마루코시와 '의사(擬似) 가족'의 형태를 이루며 외아들 미쓰오(密生)와 살아가는 중년 여성 도코(糖子)는 이 소설의 현실과 비현실, 이성과 광기, 삶과 죽음의 경계에 놓여 있는 것 같은 몽롱한 존재이다. 이 소설의 또 한 명의 주인공은 일본계 페루인 청년 알베르토 히요히토. 돈을 벌기 위해 일본에 온 일본계 남미인 노동자 그룹과 그 도시의 폭주족 사이에 일어난 폭력 사태에 휘말린 히요히토는 폭주족 한 명에게 치명상을 입히고 애인 아나와 함께 도피처로 소개받은 마루코시의 집에 들어온다.

도코와 도코의 아들 미쓰오와 호인풍의 집주인 마루코시, 히요히토와 그의 애인 아나, 이렇게 다섯 명이 한지

붕 아래서 지내며 요리를 만들고 흥겨운 파티 따위를 벌이기도 하지만, 정주(定住)를 희망하는 사람은 아무도 없다. 지금 왜 이곳에 있어야 하는지에 대한 자문은 일탈과 유랑에 대한 욕망으로 이어진다. 외견상 일단은 가족의 형태를 이루고 있을지라도 그 구성원 각각의 시선은 결코 교차하지 않는다. 소통 부재의 현실 세계는 일종의 숙명과 같이 그들의 삶을 규정한다.

이 소설의 제목으로도 쓰여진 인어는 도코의 존재 양식을 상징한다. 즉 반인반어(半人半魚)인 인어는 치명적 사랑의 기억이 직조하는 환상 세계와 회한과 절망과 권태뿐인 식물적 생의 현실을 넘나드는 양서(兩棲)적 삶에 대한 은유로 등장하고 있지만, 히요히토 역시 인어과이기는 마찬가지이다. 그 역시 고향인 페루나 본국 일본 그 어느 곳에 대해서도 귀속 의식을 지니지 못하고 어디에서든 소외되는 어정쩡한 존재인 것이다.

이 두 사람은 이야기의 속과 겉을 분담해서 이끌어가는 역할을 수행한다. 도코의 1인칭 독백체로 이루어지는 부분이 광기와 격정과 관능이 뒤섞이는 내면의 좁은 세계를 비추고 있다면, 히요히토를 시점 인물로 한 3인칭 묘사는 이야기가 전개되어가는 외부 상황을 객관적으로 전달하고 있는 것이다.

　페루에서의 고단한 삶을 접고 새로운 가능성을 찾아 할 아버지의 나라 경제 대국 일본에 건너왔지만, 일본계 남미인들에게 차례가 돌아오는 것은 남들이 꺼리는 육체 노동이나 단순 노동 같은 허드렛일에 지나지 않는다. 비록 공통의 혈통을 지녔다고는 하나, 문화적으로 이질적인 그들을 경원시하는 세태는 그들의 지친 영혼을 침식시킨다. 결국 이 소설 속에서, 한낱 단순 노동 인력으로서 차별과 냉대를 감수해야 하는 일본계 남미인들의 존재는 이질적인 것을 포용하지 못하는 일본 사회의 자폐 구조를 드러내는 고발 장치이기도 한 것이다.

　일본 사회에 대한 작가의 비판적 시선은 이것으로 그치지 않는다. 예컨대 도코의 부모들은 겉으로는 정상적인 부부 행세를 하지만, 실인즉 상대방이 음식물에 독약을 넣어 살해한 후 보험금을 타내려 한다고 의심할 만큼 극단적인 상호 불신의 늪에 빠져 상대방을 '죽이고 싶을' 정도로 증오하는 사이이다. 이렇게 파탄지경에 이른 관계이지만 한 사람은 회계사이고 한 사람은 국회의원의 딸이라는 사회적 허울이 이들의 결혼 생활을 가까스로 지탱시키고 있을 뿐이거니와, 도코는 이러한 위선적인 부모들에게 복수하기 위해 집을 떠날 작정을 한다. 일견 물질적으로 유복하고 격식 갖춘 환경에 둘러싸여 있지만, 가족과 가정은 해체되고 파괴된 것에 다를 바 없다는 어두운 현실 인식이 짙게 깔려 있다. 그리고 이러한 인식은 당연히 경제 대국 일본 사회의 정신적 피폐상에 대한 비판으로 이어지게 마련이다.

그런 의미에서 집요하리만큼 무국적의 감각을 도입한 이 소설은 정주와 순혈에 대한 강박 관념으로 구성되었던 근대적 삶 내지는 일본 근대 문학에 대한 회의와 비판으로 읽힌다. 물론 격정적인 살사의 리듬이 대안이 될 리는 없겠지만, 혼혈과 유목의 사고를 통해 제3의 표현을 모색하고자 하는 작자의 시도는 정당하다. 무정형의 삶, 불확정의 정체성에 어울리는 표현을 창출하기 위해서는 더 이상 자기 확정적인 일본어의 감각에 의존할 수 없기 때문이다.

인터넷 홈페이지에서 작가의 이력을 살펴보았다. 멕시코에 모두 2번에 걸쳐 2년 간 유학을 한 경력이 있다.

생후 2년 반 남짓을 미국 로스앤젤레스에서 지내기도 했다. 스페인어 소설을 번역하기도 했다. 이 작가의 독특한 개성은 삶의 궤적과 무관하지 않은 듯 여겨졌다. 그러고 보면 1인칭 시점과 3인칭 시점, 현재와 과거 시제의 중첩과 같은 서술 기법은 화자와 시제의 자유 분방한 변화를 통해 멕시코인으로서의 자기 정체성의 문제를 추구한 카를로스 푸엔테스의 소설(예를 들면 1962년에 발표한 『아르테미오 크루스의 죽음』)과 유사하다고 할 수 있다. 또한 옛 남편 미쓰오의 '기척'과 관련된 부분에서 알 수 있듯이, 이 작가의 미학적 기반은 가브리엘 마르케스로 대표되는 남미 문학의 환상적 리얼리즘과 맞닿아 있는 것으로 여겨진다(어떤 평자는 얼마 전 작고한 일본 작가 나카가미 겐지의 영향을 지적하기도 한다).

5명의 심사위원 가운데 가장 호의적인 심사평을 한 소설가 시마다 마사히코(島田雅彦)는 이 소설의 장점을 '라틴계 일본어'라 할 만한 새로운 문체에 대한 도전에서 찾고 있다. "아마도 호시노 도모유키는 라틴계 일본어라 할 만한 것을 개발하려 하는 듯하다. 화자는 늘 지근거리에서 등장인물을 관찰해서 근육의 반응이나 냄새, 감촉,

희로애락의 변화를 기록한다. 라틴 세계는 사람과 사람의 거리가 가깝고, 애증의 진폭이 격렬해서 끊임없이 쾌락과 폭력이 관계들 사이에서 분출한다. 그런 세계를 묘사하기 위해서는 일본어 자체를 변조하지 않으면 안 된다고 호시노는 생각했을 것이다."

 근대 일본의 선각자로 일컬어지는 후쿠자와 유키치(福澤諭吉)는 서양의 앞선 문물을 구태의연한 일본 사회에 접목시킴으로써 전근대적 사고를 변모시키고자 했다. 그의 언문일치에 대한 자각 역시 이러한 맥락에서 싹텄다. 후쿠자와는 19세기판 이종 교배의 선구자인 것이다. 일본어의 변조가 갖는 의미는 당연히 언어적 범주에만 국한되지 않는다. 그것은 반드시 세계관의 변화와 유기적으로 연결되어 있다. 무라카미 하루키 소설의 인공적(자국어에 밴 문화적 귀속성을 최대한 탈색시킨) 일본어는 자국 문화에 대한 결별을 선언한 곳에서 창출된 것이다.

 시마다가 호시노의 장점으로서 지적한 것은 '일본어의 변조'이며 '라틴계 일본어의 창출'이다. 여기서 주목하고자 하는 것은 '라틴계 일본어,' 즉 접목의 대상이 후쿠자와나 무라카미와는 달리 제3세계라는 점이다. 그런 점에서 호시노는 제3세계라는 외부의 눈으로 일본이라는 내부를 투시하고자 하는 일본 문단의 새로운 경향의 일익을 담당하고 있음에 틀림없다. 생략된 타자의 복원을 통한 주체의 재정립은 새로운 세기를 맞은 일본 문학계의 다양한 모색 가운데 가장 역동적인 주제라 해도 지나치지 않을 것이다.

옮긴이의 말

『깨어나라고 인어는 노래한다』는 일본의 권위 있는 문학상인 미시마유키오상을 수상한 작품이다. 역자는 작품을 접하기에 앞서 먼저 미시마유키오상의 심사위원들이 쓴 심사평을 읽었다. 심사평은 모두 문장의 난해함을 거론하고 있었다. 독자들에게 불친절하다고 지적한 심사위원도 있었다. 심지어는 일본어를 변조하여 '라틴계 일본어'를 개발하고자 했다는 평조차 눈에 띄었다. 역자에게 적지 않은 심리적 부담을 안겨주는 평을 읽은지라 단단히 각오를 하고 번역에 임하지 않을 수 없었다.

역시 예상한 대로 첫 문장부터 만만치가 않았다. 시적 감수성을 산문 속에 담아 독자의 감각적인 반응을 기대한 듯한 문장들. 그런가 하면 과거와 현재, 환상과 현실, 죽음과 삶의 경계를 잊고 살아가는 등장인물의 의식이 침투되어 있기라도 한 듯이, 현재와 과거 사이를 자유로이 왕래하는 서술상의 시제. 또한 1인칭과 3인칭의 경계를 거침없이 넘나드는 서술법. 그 경계를 독자에게 환기시키기 위해 행을 바꾸는 것과 같은 친절은 기대도 할 수 없었다. 따라서 이 소설은 항상 긴장을 늦추지 않는 독서법을 독자에게 요구한다.

이 소설에는 작품의 편안한 감상을 허용하지 않는 작가의 의도적인 장치들이 도처에 산재해 있다. 문장과 서술 기법에서의 다양한 실험적 시도들은 이 소설의 특이성과 난해함을 빚어낸다.

일상적 문장을 거부하고 변조된 일본어를 사용한 작품을 매끄러운 한국어로 번역한다는 것은 작가의 의도를 배반하는 꼴이 되기 십상이다. 따라서 이런 작품의 경우에는, 실험적 시도를 최대한 존중하여 표현의 생경함과 난해함을 유지하면서도 작가의 의도에 손상이 없도록 번역하는 것이 역자에게 맡겨진 책무일 것이다. 그래야만 이 작품의 진면목이 한국 독자들 앞에 제대로 드러날 수 있기 때문이다. 하지만 번역 과정을 통해 그것은 지나치게 벅찬 일이라는 자각을 내내 지니지 않을 수 없었다. 단어 하나, 표현 하나하나에 무게가 실려 있는 이 작품의 번역에는 그만큼 많은 어려움이 따랐음을 고백해둔다.

  호시노 도모유키는 이 작품을 통해 처음으로 한국에 소개되는, 우리에게 낯선 작가이다. 지명도가 있는 작가의 작품에 비해 신예 작가의 작품을 번역 출판하는 일은 일종의 모험이라고 할 수 있다. 그런 점에서 일체의 상업적 고려 없이, 이 소설이 지닌 개성 있는 육성을 한국의 독자들에게 전하고자 출판을 결정한 문학과지성사 여러분의 높은 식견에 존경과 감사를 표한다. 특히 내내 따뜻한 배려와 격려를 아끼지 않은 고동균씨께 감사한 마음을 전하고 싶다. 그리고 번역 작업 중 자문을 구할 때마다 친절하게 답해준 저자 호시노 씨께도 감사드린다.

2002년 3월
김옥희